# 泥に咲く

自立研究会

梓書院

泥に咲く＊目次

# プロローグ

闇は耳から明けた。

「おい、おまえたち、なにをのろのろやってんだ。テキパキ動けよ。でなきゃこの患者、死ぬぞ！」

この声は……確か「古市」と名乗った副院長のものだ。いや「古川」だったか。自分自身の状況さえちゃんと把握できていないのに、怒鳴り続けている男の名前の確かさに拘っている自分の思考を自嘲気味に認識する。

「先生、うるさいよ。そんな大声を出されると、とても寝てられない」

自分の声があまりにも細く、力が籠もらないことを自覚する。そうか。終わったのか。つまり、ここは東京ハート国際病院のＩＣＵだ。ゆっくりと目を開ける。ぼやけた天井が見える。

「あ、目覚めたんですね」

ナースがベッドに近づき、機器の数値を確認している。

「いま、何時?」

「夜の十時です」

朝の八時に手術室に入ったので、あれから十四時間が経ったわけである。

「ああ、喉が渇いた」

突如襲ってきた渇きに、ナースから「食べすぎないように」と窘められながらも、欲望のままに次々と氷を口に入れた。噛み砕く時間さえもどかしい。ガリガリと大袈裟な音を立てて崩れる氷の冷たさが、口に、喉に、胸に伝わっていく。

生きている。俺は生きている。

冷えた口内を舌でなぞりながら、「生きていることの喜び」とはこういう状態を言うのだろうか、と自問する。それは湧き上がってくる歓喜と言うよりも、呼吸やまばたきや、あるいは本能的な欲求を感じることなど、これまで当たり前すぎたすべてが特別なこととして認識され、それらが死と対比されることで価値として捉えられる感覚。そう、むしろ安堵感に近いのかもしれない。

生きている。確かに生きている。そして……。

「死んだら、何もない」

次に思ったのがこれだった。今回の心臓の大手術を受けての実感と言ってもいい。

手術中は心臓を止め、人工心肺装置で血液に酸素を与え、脳や体に血液を送った。自分の心臓は止まっていたわけだから、その間は「死んでいた」とも言えるだろう。しかし、たとえば幽体離脱のような現象は起こらなかった。あっけないことに、麻酔で眠って、意識がなくなり、目が覚めたというだけのことだ。それ以上でも、それ以下でもなかった。

大きな手術ではあったが、心臓のオペは二度目ということもあって、術前から心は落ち着いていた。むしろ、魂の存在を実感できるのではないか、という期待のほうに意識が傾いていたほどだ。

でも、何もなかった。死んだら何もかも終わりなのだ。そのことが腑に落ちた。

だからこそ、やりたいことはやっておかなければならない。

やりたくないことに費やす時間は一秒たりともないのだ。

じゃあ、これから先、やりたいこととはなんだ。

もっと病院をつくることだ。理想の病院をつくることだ。

それをこの目で見届けるまで、簡単に死ぬわけにはいかない。

そこまで考えたところで、やおら強烈な睡魔が襲ってきて、再び、深い眠りの沼に落ちていった。

# 第1章

教室には子どもたちの「自由すぎる」声が響いていた。

智徳学園は一九九四年、岡倉勢事が三十四歳で開設した、発達障がい児を対象とした教育施設である。

特異な業態への反響は大きかった。福岡の都心部のビルの、約三十坪のスペースにオープンした学園は、この分野での私設の教育施設が九州初ということもあって注目を集め、新聞やテレビで何度も取り上げられた。

もちろん、学園にスポットが当たったのは、発達障がい児を抱える親たちが、心底困っていたからだ。何をしてあげれば、その子のためになるのか。常識や一般論が通じない我が子を前にして、親たちはただただ困惑していた。

知識も経験も理論もなく、しかし放っておくこともできず、預かってくれる人もいない。そんな中、とくに母親にとっては学園の存在が、暗闘のような子育ての中で初めて見えた光明だった。だから問い合わせは引きもきらなかった。

「障がいがあるからと言って、学びをあきらめる必要はありません。むしろ、彼らの存在は社会にとって希望なのです。人の才能にはデコボコがあって、とくに発達障がいの子どもにはその傾向が顕著です。だからこそ、彼らにできるところ、得意なところを見つけて、それを伸ばす教育が大切なんです」

勢事は記者に向かって持論を展開するたびに、胸の内にくすぐったさを感じた。掲げる理想は決して嘘ではなかったが、また同時に本心でもなかったからだ。

作業療法士への転身を決意して入った専門学校で自閉症に対するボランティア活動に携わったのが、勢事と障がい児との出会いだった。彼は異形のもの、いびつなものに惹かれる傾向があった。自分自身の中にも、周りとは違う何かを感じていたからかもしれない。突然大声をあげたり、奇妙な行動をとる子どもたちを恐れたり、扱いに困ったりする学生が多い中で、勢事は興味深く子どもたちを観察し、冷静に適切な対応を見つけ出していくのであった。普通の人間と接するよりもずっとおもしろかった。

卒業後に勤務した福岡市内の病院でも、脳卒中患者らの機能回復訓練に携わるかたわら、発達障がい児の治療にボランティアで取り組んだ。いつしか勢事には、この道の専門的な知見と技術が身についていた。

しかし、勢事の内心は、慈善家のそれとはほど遠いものだった。事業を興したのは、障がい児のためでも、その親のためでも、ましてや社会のためでもなかった。いつか、この世界でのしあがるための、いわばファーストステップ。勢事にとって智徳学園は、自分を世に売り出す「踏み台」であり、「道具」だったのだ。

その目的は、ある程度は達成された。勢事の名は福祉業界のみならず、福岡の経済界に知れ渡った。話が聞きたいと、地元財界の大物が、向こうから訪ねてくるといったこともしばしばだった。勢事は光の当たらない弱者のために献身的に働く慈善事業家として、有力者も含めた多くの経済人に認識されたのだ。

一方で苦悩も抱えていた。経営難だ。入園者は三百人を超えていたが、その中には母子家庭や生活保護の受給者も多く、月謝の三万円を支払えない利用者が続出した。「金が払えないなら来るな」という言葉は、いつも喉元まで出かかったが、子どもたちと母親の顔を見ると、憤る気持ちがへなへなと萎えてしまうのであった。

勢事の活動を応援してくれる経営者から紹介を受けて、地元の電力会社の総務部長を訪ねたときのことだ。

「あなた、社会福祉の仕事をしているんだって?」

鋭利なナイフで切り込みを入れたような瞳の、その暗い冷たさが勢事を不安にさせた。

「はい。発達障がい児の教育施設を運営しています」

「で、なに? 金を出せって話?」

「いや、私は何も……」

「あのね、私はそういう仕事をしている人を一切、信用していないんですよ。寄付が欲しいなら、他をあたったほうがいい」

カッと顔の表面が熱くなった。こいつに見下される筋合いはない。握った拳は湿り、そしてかすかに震えていたが、それは怒りのせいでもあり、本質を見抜かれた恐れのせいでもあった。

勢事には「社会に対して良い行いをしたら、それは還元されるはずだし、そうであるべきだ」という考えが、頭のどこかにあった。社会に尽くすわけだから、社会も自分を大事にして当たり前だ、と。

しかし現実は違う。自分が選んだことである以上、それがたとえ地獄の道のりとなろうが、すべては己の責任なのである。

「勢事くん、金がないのは首がないのと同じ」

記憶に残っている、数少ない父の言葉が蘇る。

「確かに今の俺には首から上がない。だからまともに挨拶だってできない始末だ」

門前払いの帰り道、勢事は唇を痛いほど噛み締めながらそう思った。

一方で寄付を申し出てくれる経営者も少なくなかった。すでにバブル経済は弾けていたが、その影響が届くまで比較的時間がかかった福岡の財界には、いまだあの熱狂の余波を残す企業が存在した。

「岡倉、おまえ、金がねえんだろう。今夜、中洲のあの店に出てこいよ」

株式公開で巨万の富を得た創業社長から電話があると、勢事はあらゆる用事を横に置いて駆けつけた。会食の後、手渡される紙袋の中には時に百万円、時に二百万円の札束が無造作に放り込まれていた。勢事は「いつもすみません」とパトロンの後ろ姿を、頭を下げたままで見送るのだった。

不思議なことに、「今月はいよいよだめだ」と思うと、どこからか金が入ってくる。そして、金が入ると、勢事はそれを酒と夜の女に使ってしまう。頭では「一円でも節約しなくてはならない」というのはわかっている。しかし、金を前にすると、抑制が効かなかった。

「金なんて、使うからこそ入ってくるものなんだ」

誰から教えられたわけでもない法則は、これが意外と通用するもので、毎晩のように飲み屋街を渡り歩く中で生まれた人脈が、新たな寄付に繋がることも珍しくなかった。そして、その金のかなりの割合は、またもや夜の中洲に消えた。

こうして、光と影を抱えた智徳学園が、毎月の赤字を出し続けながらも三年目に入ろうとする時、その事故は起こったのだった。

*

学園の近くの、さびれた商店街の食堂で遅めの昼食を済ませた勢事が、引き戸を開けて通りに出た時に目に入ったのは、バイクと二人の子どもだった。いや、まだ赤子と言ったほうが正しいだろう。おそらく歩き始めたばかりの二歳くらいの妹と、それよりも一つか、二つ上の姉。二人は軽トラックの陰からよちよち歩きで道路の中央に向かっていた。バイクからは完全に死角になっている。

「このままだと轢かれる」

とっさにそう判断した勢事の体は勝手に動いていた。子どものほうへ駆け出して、バイクの前に仁王立ちになったのだ。

目の前に突然現れた障害物をバイクはよけることができなかった。次の瞬間、前輪はぐっと踏ん張った勢事の右足に乗り上げていた。骨の砕ける嫌な音がした。足首だった。

救急車で搬送された先の整形外科に不整脈の持病があることを告げると、「うちでは無理」と断られた。それくらいの重傷だったのだ。勢事は以前、自分が勤めていた病院に送られ、そこで「最短でも四カ月の入院が必要だ」と診断された。

途方に暮れた。これで、いよいよ学園の金が回らなくなる。注目を浴びた施設は、実は勢事の講演活動という副業によって、なんとか資金をつないでいたのだった。その収入を絶たれると、経営はあっという間に立ち行かなくなってしまう。

九人の職員の顔が浮かぶ。通っている子どもたちの顔、その親たちの顔。そして何より、落ちぶれてしまった未来の自分の顔……。

「いよいよ最後のカードを切るべきか」

そう思うものの、なかなか踏ん切りがつかなかった。

カードとは実の父である丈治のことだ。勢事が二歳の時、母と自分を捨てて家を出て行った丈治との記憶は当然ながら全くと言っていいくらいになく、その後もほとんど交流がなかった。

仕事で福岡に寄るから一緒に飲もうと連絡があったのは二年前のことだった。それから数度、中洲や祇園のクラブで杯を交わした。とにかく破天荒な男で、人格は明らかに破綻していたが、不思議な魅力を持っていることも、また事実だった。

有り体にいえば、丈治は女にも、男にもモテた。一度、中洲のクラブで会った時のことだった。その頃、付き合っていた別のクラブのチーママを同伴していた丈治は勢事を地下のその店に誘った。少し遅れて入った勢事がボックス席に座ると、二人はおもむろに立ち上がってトイレへと向かった。それから四十分。勢事は一人で待たされた。

二人が何をしているのかは明らかだった。痺れを切らして帰ろうとした時、ようやく二人が席に戻ってきた。

「何しよった！」

「そんなことはおまえには関係ない」

丈治は一言ですべてを終わらせた。それで収めてしまう迫力がある。ドスが効いているのだ。店のママは「さすが丈治さん」と、むしろ喜んだ。

一事が万事で、とにかく身勝手。自分の都合を最優先し、欲望の赴くままに行動する。喧嘩っ早くて、手が早い。それなのに、丈治に巻き込まれてしまう人は後を絶たない。女は丈治に惚れ、男は騙される。

丈治は大阪で再婚し、三人の娘をもうけた。一時は子どもたちの給食費さえ支払えないほどに貧したこともあったようだが、勢事と再会した頃は、子ども向けの塾の経営で一定の成功を収めていた。丈治自身が編み出したという脳開発がウリで、勢事にはどこまでも胡散臭く思えたが、丈治は「フランチャイズ展開も波に乗ってきたのだ」

と、羽振りは良さそうだった。

そんな父に頭を下げるのは抵抗があった。一生、頼りになんかするものか、と思っていたからだ。ただ、意地を張っている場合じゃなくなっていた。携帯電話の電話帳で父の名前を選ぶ。何度か大きく息をして、ようやく発信ボタンを押す。

「あ、俺、勢事やけど」

「おまえから連絡してくるなんて珍しいな。どうした?」

勢事は事情を簡潔に説明した。

「それで、二百万円、貸してほしいんやけど」

沈黙が重たかった。

「だめや」

勢事は絶句した。人生で初めての、実の息子からの頼み事なのだ。なんとかしてやろうと思うのが、親心ではないのか。

「だって、勢事くんは男の子やろ。やから、だめや。自分でなんとかせえ」

電話はいとまを告げる言葉もなく、あっけなく切れた。

*

勢事の父、岡倉丈治は四国・徳島の出身だ。もともとは日本に一大スーパーチェーンを築いた創業社長を一族に持つ中池家に生まれたが、母方の親戚筋である岡倉家に養子に出されたのである。

岡倉家は徳島で安政の時代から商売を営んできたが、どれもぱっとしなかった。しかし、丈治の義理の父となった岡倉勢二は違った。

神戸の商船の専門学校を卒業後に一介の潜水夫となり、そこから身を立て、海底から財宝を引き上げるサルベージ会社『岡倉組』を創業する。「日本のサルベージ王」との異名を取るまでに会社を成長させた後、晩年は政界に進出して、ついには国務大臣まで務めた人物だ。丈治はこの義父にあやかって、自分の息子に同じ名前をつけた。勢事は幼い頃から、そのことが重荷で、後に自ら「二」の字を「事」と、表記を変えることになる。

成人した丈治はすでに政治家となっていた義父の口利きで、日本を代表する光学メーカーの社員にねじ込んでもらった。初めての赴任地が福岡で、倉庫の担当者として働くことになったのだ。

しかし、もともとサラリーマンが務まるようなたちではない。しかも二十歳を過ぎたばかりの、言わば「盛り」である。悪友と連れ立って夜の中洲を飲み歩くようになるまで、そう時間はかからなかった。

そこで出会ったのが勢事の母、朝子である。夢路という源氏名で、当時、最も格が高いとされていたクラブ『銀馬車』のホステスとして、ナンバーワンを張っていた。三十三歳の女盛りに一回り年下の丈治は入れ揚げた。その押しの強さに朝子がほだされる格好で、二人は夫婦の契りを交わした。

ところが、丈治の女好きが結婚くらいで収まるはずがない。すぐに家に寄り付かなくなり、一円の金も入れない。毎晩のように飲み歩き、女に金をつぎ込む。しかも、ばら撒いていたのは会社の金で、いずれ横領が発覚して解雇となった。使い込んだ金を弁償したのは、丈治の義理の父である岡倉勢二だった。

勢事が生まれた頃も丈治は家に帰らず、妊娠、出産でホステスの仕事を休まなければならなかった朝子は日々の食事にも困窮した。

「あなたの体が弱いのは、おなかの中にいた時から、おかあさん、タクアンしか食べれんかったけんよ。それもこれも、お父さんがひどい嘘つきの、ろくでなしやったから……」

病気がちな勢事が、近くの病院に入院するたびに、朝子はそう愚痴った。

その頃の丈治には、とんでもない〝伝説〟がある。「博多の伝統的な祭、博多祇園山笠の神輿である『山』を、たった三人で破壊した、そのうちの一人だ」というものだ。のちに九州の暴力団を大同団結させることになる男と、組事務所への殴り込みで壮絶な爆死を遂げる男と丈治の三人は、中洲で幅を利かせる飲み仲間だった。丈治が使い込んだ会社の金の大半は、この三人での飲み代と女郎を買う代金となって消えていったのだった。

この三人、いったい山笠の何が気に食わなかったのか。三十人近い男衆の中に三人だけで突っ込み、神聖な山に登って狼藉のかぎりを尽くしたというのだ。勢事はおばたちがこそこそとこのエピソードについて話すのを聞くたびに、「よくぞ、殺されなかったものだ」と思ったものだ。祭の高揚感の渦中にいる男たちが、それでも手を出せないくらいに、三人は殺気立っていたのだろう。顔さえ覚えていない父のイメージは、だから「神輿の上で暴れる男」であった。

コネで入社した会社を追い出された丈治は朝子と勢事を捨てて大阪へと流れる。そこで新しい家族を作り、詐欺まがいの健康器具を販売したりしながら、糊口を凌いだ。

無鉄砲で直情的な性格は、思い込みと押しの強さという面で現れることもある。自ら開発した脳開発プログラムは、時流にも合って生徒数が拡大していった。なにより、丈治が教育論を語れば、母親たちはすっかり魅了され、信じ切った。

事業は順調に拡大した。丈治は愛人たちを各教室のトップに据え、自らは博士号を〝買う〟などして、己の権威性を高めていった。街のチンピラは、今では立派な事業家であり、教育者であった。

勢事が金を貸してほしいと連絡したのは、丈治の事業が軌道に乗り始めたときのことだった。二百万の金が出せないはずはない。

「あんな男に育てられなくて、本当によかった」

金の融通を無碍に断られたことへの怒りもあったが、勢事の思いは本心だった。もし友人として付き合うならば、丈治は最高におもしろい男だろう。しかし、父親は失格だ。少なくとも自分にとって、父としての価値などこれっぽっちもない男だ。

そうはっきりと思えたことは勢事にとって、苦境から得た、ひとつの悟りだった。勢事は父としての丈治を見かぎることで、男としての自立に一歩近づいたのだ。

それに勢事の心の中には、父よりもずっと尊敬できる一人の男性がいた。その存在だけで十分だった。

*

丈治が出て行ってから、家には朝子の姉の聖子と、妹の夏子が同居するようになっていた。聖子は家事全般を担当し、朝子は勢事の出産後、ほどなくしてクラブのホステスに復帰し、夏子もやはり中洲のクラブで働いていた。

だから勢事は大人の女三人に対して、家の中のたった一人の男として育つことになる。おばたちは甥っ子を猫かわいがりし、母、朝子もひとり親の負い目もあってか、勢事にはずいぶんと甘かった。

ホステスの出入りも多かった。姉御肌である朝子を頼って、言わば彼女の妹分たちが相談にやって来た。ときには泊まっていくこともある。勢事はホステスに囲まれて育ったと言っても過言ではない。

こんなこともあった。勢事は夜中に女の大声で目覚めた。目を擦りながらリビングに行くと、聖子が泣きじゃくる若い女を抱きしめて「大丈夫よ。もう大丈夫」と背中を撫でていた。そこに「どうしたの。何があったと?」と朝子が飛び込んでくる。聖子が答える。

「純ちゃん、お客さんに襲われそうになったって」

「わかった。姉さん、あとは私に任せて」

聖子と役割を交代した朝子は「一度や二度は必ずあることよ」と重く低いが優しい声で、純ちゃんと呼ばれる女に話しかけた。

「あなたにも隙があったってこと。私たち、これが仕事なんやから、自分の身は自分で守れるようにならなね。あの男は出入り禁止にするごと、私からオーナーに話しとくけん。さあ、お風呂に入ってらっしゃい」

翌朝、勢事が目を覚ますと、下着姿の「純ちゃん」がテレビを見て笑っている。そんな家だった。

ともあれ、身の回りのことの多くは専業主婦役である聖子が面倒を見てくれ、経済的にも安定し、また女たちからかわいがられた勢事は、病弱であること以外、母子家庭でありながら何不自由なく育った。むしろ愛情は人一倍、注がれたと言ってもいいだろう。

経済的な安定という意味で朝子たちを支えていたのは、建設会社の重役だった松田守一であった。少し顎のしゃくれた顔はお世辞にも美男とは言えなかったが、その優しい人柄が目元に現れ、一方で引き締まった口元からは、誠実さと意志の強さが感じられた。小柄で、仕立てはいいが地味なスーツを着た姿は、まさに「脳ある鷹は爪を隠す」を体現していた。

勢事が小学六年生の時のことだ。家庭訪問の教師の後をついてきた同級生が「岡倉朝子」という表札を見て「岡倉くん、お父さん、おらんと？」と尋ねてきた。勢事はなぜか素直にうなずくことができなかった。そこまでストレートに言わなくてもいいだろう。そう思った時、自分の中に我が家が普通の家庭ではないことに対するコンプレックスがあることを、初めて認識した。

しかし、だからと言って自らの境遇を恨むような気持ちにはならなかった。中学生になると、片親の友人たちが不良の仲間に入っていったが、勢事は暴力で発散させるべき鬱屈を持ち合わせていなかった。その心の安定の背景には、間違いなく松田の存在があった。

松田は重役と言っても給与取得者である。愛人のために一定の金を作るのは、簡単なことではなかったはずだ。勢事はある時、松田が家に置いていった封筒の中身を見たことがあった。そこには二十三万円が入っていた。封筒は毎月、律儀にも決まった日に届けられた。

週末はよくドライブに連れて行ってくれた。松田のドライビングテクニックは高度で、安全運転ながら、要所を締めた小気味の良い運転だった。車中ではなかなか眠れない勢事だったが、松田の車に乗ると、そのジェントルなハンドル捌きに、すぐに船を漕ぎだすのだった。

勢事が初めて心臓の不整脈を起こしたのは中学二年の時だった。

「ドドッ、ドドッ、ドドドッ、ドドドドドドド……」

同級生から不意に肩を叩かれた瞬間、心臓がこれまでにない勢いで激しい脈を打ち始めたのだ。何が起こったのかわからず混乱した。このまま死んでしまうのではないか、と恐怖に支配された。

ＷＰＷ症候群と診断された。心房と心室の間をつなぐ余計な伝導路が、生まれつき存在する病気だ。

発作がいつ起きるかはわからない。一カ月もないかと思えば、一日に二度、起こることもある。そして頻脈発作が始まると、これが苦しい。外から見ても、心臓が脈打っているのがわかるほどの激しさだ。すぐに治ることもあれば、数時間、場合によっては半日と続くことがある。

「まあ、これは仕方がない。みなさんね、自分なりの止め方を見つけるみたいだから、いろいろやってみてよ」

これといった治療法がない時代だったにせよ、医者の軽薄な言葉はどこまでもうつろに響いた。

　生来の治らない病気。いつ起きるかわからない発作。頻脈が起きるたびに、「今度こそ死ぬんだ」と何度となく思った。だから死は勢事にとって、比較的近い場所にずっとあった。

　そうした鬱憤もあったのだろう。学校での些細なトラブルをきっかけに、家で荒れることもあった。思春期特有の理由のない反抗だったのかもしれない。叫ぶくらいならばいいが、家の物に当たり出すと、中学生とは言え、女たちでは押さえつけることはできなかった。バットで窓ガラスを叩き割る程度には激しい荒れようだ。そんなとき朝子は松田に電話をかけるのだった。

　玄関のドアが開いて松田が入ってくると、暴れていた勢事はぴたりと止まる。

「勢ちゃん、どうしたの？　何かあったの？」

「な、何もありません」

「本当に大丈夫？」

「ええ、なんか、ただちょっとイライラしただけで……」

「そうか。それならいいんだけど……」

松田は決して勢事を咎めようとしなかったが、その優しい瞳に射すくめられると、勢事は自分自身が恥ずかしくなり、激しい感情は自然と鎮まるのだった。

*

松田の存在がやわらかな「重石」となって、勢事の高校生活は大過なく過ぎた。大学受験では二つの大学に合格したものの、法学部じゃないことを理由に浪人の道を選ぶ。法律を専攻した父方の祖父に憧れがあり、法学部に進むことに拘ったのだ。

予備校生活は仲間と酒を飲むばかりの日々となった。二年目は地元の私立大学の商学部にしか受からず、しかしもう一年、荒れた生活を続けるのも嫌で、しぶしぶ入学を決めた。

そもそも何かを学ぶつもりなどない。大学の授業に期待はなかった。部活動は吟道部に所属することにした。病弱だった少年時代、おばの勧めもあって、週末は近くの道場に剣舞、詩吟、居合の稽古に通った。とくに詩吟は小学六年生で師範免許を取得した腕前だ。だから大学の部活では、それほど学ぶこともなく刺激は薄かった。

熱を入れたのは「常任幹事会」だ。大学には学術文化常任幹事会と体育会常任幹事会があって、勢事は前者に所属した。部活やサークルを束ねる組織なのだが、それは表の顔であって、実際は左翼運動を取り締まる集団だった。嵐は収まったとは言え、学生運動の残り火は、大学構内のそこここでくすぶっていた時代だった。

定期的に開かれる幹事会で、各部、サークルの幹事に活動報告をさせて、催される行事を見に行く――つまり検閲が主な仕事だった。常任幹事会のユニフォームである「学ラン」を着て現場に姿を見せると、「おい、ジョーカン（常幹）が来たぜ」とひそひそ呟かれる。言わば権力の側で偉そうに振る舞えることが、勢事にとって「ごっこ」のようでおもしろかった。

そして、そんな「遊び」を飽きずに続けられたのは、金が動かせたからだ。常任幹事会にはただでさえ大学からの活動予算がつく。さらに担当する行事の予算を水増しで請求して、くすねた金を中洲での飲み代に使った。このとき、酒を奢る、あるいは金を渡すことで、人を動かすことができると知った。人は思ったより簡単に金で動く。裏金の作り方と使い方を学んだのである。

すでに左翼運動は下火になっていたが、勢事は一度だけ騒動に巻き込まれたことがあった。校舎を出ようとした時、左翼学生の一団に囲まれたのである。

「なんだ、お前らは！」

張り上げた大声は虚しく響き、角材での一撃であばらの骨を折られてしまった。ただ、「予算を飲み代に使ったつけが、こんな形で回ってきたんだな」と妙に納得した勢事は、この一件をどこにも報告しなかった。

母の朝子は勢事が小学校六年生の時にクラブを辞めて、中洲のビルの一階にスナック『パイロン』をオープンした。この店が繁盛した。朝子の営業力はオーナーとなってから、さらに磨きがかかった。

勢事が大学に入る頃、「これからは天神の時代だから」と、福岡最大の商業地区である天神エリアの大名という土地に店を移転する。ここも、たちまち繁盛店となった。

勢事はボーイとして、よく店を手伝った。客受けもよく、朝子の信頼も厚くなっていたので、ぼんやりとではあったが、「このまま店を継ぐことになるのだろう」と思っていた。

店の片付けをしていた時のことだ。勢事は何気なく、「俺、この店、やろうかな」とつぶやいた。その途端、朝子の表情が険しくなった。

「あんた、なんてこと言うとね。水商売は男がするもんじゃないよ」

「なんでよ。いいやん。男にだってできるやろ」

朝子は「これだから仕方ない」といった風情で大きくため息をついて、拭いていたグラスをカウンターに置いて腕を組み、勢事とまっすぐに向き合った。

「いいね、勢ちゃん。男にはね、貸し借りがあるとよ」

声に迫力があって、だから勢事はただ黙ってうなずいた。

「私たち女はね、たとえこの歳になっても、男の人に御馳走してもらったら『おいしかった。ありがとう』で済まされるやろ。でも、男はそうじゃない。借りたら、返さないかん。してもらったら、してあげないかん。あんた、それで水商売ができるね?」

朝子の言葉は平易だったが、この世界に長く身を浸してきた人間だけが持つ説得力があった。

「それにね、勢ちゃん。この店一軒、一所懸命にがんばってもさ、とうてい松田のおじさんみたいな生き方はできんよ。あんたもさ、男やろ。金を稼いで、それなりの地位もつくらないかん。そうやろ?」

松田の名前を出されると、勢事は弱い。

「わかった。店を継ぐやら、もう二度と言わんけん」

朝子は満足そうにうなずいた。水商売には手を出さない。これが勢事の、ひとつの決め事となった。

大学の卒業が近づいてくる頃、勢事は松田に声をかけられた。

「勢ちゃんは、就職は決まったの？」

「まだなんです。なんとなくだけど商社マンに憧れてて」

「ああ、そうね。それはよかね。じゃあ、おじさんの知っている商社はどうかいな。いい会社だよ。話しておくから、面接を受けに行くようにね」

地元では指折りの老舗企業グループに、松田に勧められた通りに赴くと、面接官が開口一番、「君か、松田建設さんの推薦は」と言って、その後はとんとん拍子に入社が決まった。勢事はこの時初めて松田の力の大きさを知った。

長崎営業所に配属された勢事は、しばしばその尊大な態度を叱責された。

「岡倉、お前のような奴のことを、なんと呼ぶか、知っとおか」

「わかりません」

「慇懃無礼と言うんだよ」

甘やかされて育った勢事には、上の機嫌を取るということができなかった。もっと言えば、サラリーマンの決まり事や組織の論理がばかばかしく思えたのだ。それが態度に出る。叱責を受ける。その叱責に納得していないことが、また態度に出る。

「岡倉、そろそろ機嫌直せや。うどんでも食いに行くか?」

「いや、俺はラーメンがいいです」

これで上司との関係がうまくいくはずがない。一方で企業グループの役員クラスと同行するときには胸が躍るような話を耳にすることができる。

「ヴェトナムで新しいエネルギーが開発されていて……」

「ブラジルに信じられないくらい割のいい投資案件があるんだが……」

商社ならではのダイナミックな仕事は勢事を魅了した。気がつけば、入社から三年の月日が流れていた。

退職のきっかけはグループが保有する病院で、リハビリの現場を見たことだ。「これだ」と思った。その頃、ようやくリハビリという言葉が一般化しようとしていた。

調べると、神奈川・川崎の専門学校が学費も安く、アルバイト代でなんとかまかなえそうだった。ただし、意外にも合格率が低い。勢事は松田に、これからの方針を話した。自分が紹介した会社を辞めると言う勢事を、松田は一切、否定することはなかった。それどころか、終始、「うんうん、そうかそうか」と温和な笑顔で話を聞いてくれて、最後に「わかった。心配しなくていいからね」と言ってうなずいた。

試験当日、面接の順番を待っていると、事務局長から直接、呼ばれた。

「ああ、岡倉君、君だね、私学振興協会から推薦が来ているのは」

何かのサポートはあるのだろうと思っていた勢事も、これには驚いた。松田の影響力は、いったいどこまで及ぶのだろうか、と。

それからさらに三年後、専門学校の卒業が近づいてきた時に、勢事は松田に呼び出される。

「勢ちゃん、それで病院は決まったの？」

「いえ、それがまだなんです」

「おじさんの知り合いにね、大学病院の院長をしている脳外科の先生がいるから、彼に紹介してもらうといいよ」

松田の言葉通り、勢事の就職先は福岡市内の病院にすんなりと決まった。

青年期の勢事の人生は、すべからく「母の恋人」である松田の人脈と政治力によって導かれたのであった。

*

勢事が採用されたのは福岡の都心部から西に車で三十分ほどの場所にある拠点病院だった。国家資格を取得していた勢事はそこで、作業療法科の主任を命じられる。ただ、主任と言っても、その上に直接の管理者はいなかったので、実質、一人で運営しているようなものだった。

翌年以降は部下もできたが、基本的には新卒で入ってくる二十代前半の若者である。仕事は自由が効くし、院長や看護師長以下の看護師、事務スタッフとも良好な関係を築くことができて、働きやすい環境が整っていた。

午前中は患者を診ることで、息をつく暇もないほどの忙しさだったが、午後は比較的、自由な時間が確保できた。勢事はそこで専門学校時代に手掛けていた発達障がい児向けの教育をボランティアで提供するサービスを院内でスタートすることにした。

院長は勢事の取り組みに賛成してくれた。それが他の治療への知見を深めることにもつながるし、なによりも地域で暮らす人の役に立つことが病院の使命だという思想があって共感してくれたのだ。ところがサービスをスタートした翌年に赴任してきた新院長は、勢事の動きに否定的だった。

「岡田くん、うちは小児科なんて標榜してないよ。君さ、いったい何やってるの?」

この言葉を聞いた時から、ボランティアの件以外でも院長と意見が対立することが増えてきた。勢事は四六時中、「いつまで他人のシナリオを生きていくつもりなのか」と自問するようになった。人は自らの命を自らの手で具現化するために生きているというのに、本当にそのままでいいか、と。このままだと死ぬまで誰かの「召使い」として、他人の言いなりの人生を生きるだけだ。どうせ召使いになるのなら、自分自身の召使いになりたい。自分で自分を使役する存在でいたい。それが自分の人生を生きるということじゃないのか。

「そろそろ潮時かもしれない」

それは本心だったが、じゃあ、辞めて何をするのか。勢事は行きつけのスナックのカウンターで、地元テレビ局の副社長である富士本に相談していた。

「そうか、障がい児へのボランティアね。岡ちゃん、それって、ちゃんと金は取れるの？」

富士本は右手の親指と人差し指でつくった輪っかを揺らしながらそう言った。

「うーん、取れないことはないと思うんですけどね。ただ、全国でも前例があまりないし、福岡で成り立つかと言えば……」

「まあ、いくら良いことでもな、金が回らんと続かんから」

「でも、俺、とにかくやってみたいんですよね」

「岡ちゃん、いつかは独立したいって、前から言ってたもんね」

富士本は濃い目のウイスキーの水割りをぐっと飲み干す。

勢事が富士本と初めて会ったのは、十年近く前のことになる。やはり中洲のスナックでのことだった。勢事は店のカウンターで、その頃、勤めていた商社の同僚と会社の批判をしていたのである。すると突然、隣から「俺もそう思う」と低く、しかしよく通る声が聞こえてきた。

「会社ってバカなルールを作るよな。でな、俺の部下なんか、何も考えずに、ただ守ってりゃいいって了見なんだよ。その点、君たちは骨がある。おかしいことは、断固、おかしいと言うべきなんだ。おい、君たち、俺の奢りだ。今日はとことん飲むぞ」

四十代の後半だろうか。しかし、体にはがっしりとした筋肉がつき、子どものように輝く瞳が印象的で、張りのある声を聞いていると、もっと若いようにも思えた。お互いの自己紹介から始まって、その夜は正体をなくすまで飲み続けた。

そんな奇妙な出会いから始まった付き合いが、もう十年になろうとしている。この間に勢事は転職し、富士本は出世をした。

「富士本さん、俺、悔しいんです、自分に力がないのがね。あの院長の下で働くのは我慢がならないんですよ。でも、金がない。金さえあれば、すぐにでも独立するのに……」

「なあ、岡ちゃん、君が本当に発達障がいの子どもたちのための仕事をすると言うんなら、金は俺が融通するぞ」

富士本は勢事の右手を取って、ぐっと握り締めた。地元の有力な社会人ラグビーチームのキャプテンから、最後は監督まで務めた男である。勢事は握手の力を強められて、痛みで声が出そうになるのを必死でこらえた。

「岡ちゃんさ、君、いつも俺に『命の恩人だってことを忘れるな』って言ってただろ」

「いや、まあ、それは冗談で……」

五年前のことだ。勢事が勧めた検査で胆管ガンが見つかり、そのまま手術までをすべてコーディネートした。早期発見だったこともあり、手術は成功。現在も再発や転移はない。

「冗談なのはわかってる。でもね、俺は感謝してんだ。あそこで人生が終わっていたとしても、おかしくないわけだから」

「でも、富士本さん、事業を起こすくらいの大金、いったいどこにあるんですか」

「岡ちゃんは忘れてるだろうけど、俺はもう六十だぜ。この春で定年だ。退職金から一千万、岡ちゃんに貸すよ。岡ちゃんの理想の施設がうまくいくようになったら返してくれ。利子はいらん。それでいいだろう?」

富士本が握った手にさらに力を込めたので、勢事はさすがに唸った。

「富士本さん、手、そろそろ離してもらえません?」

「ああ、すまん」

勢事はしびれた手を軽く振りながら、富士本のほうに身を乗り出した。

「それでいいだろうって……いいもなにも、俺に一千万円も貸してくれるって、富士本さん、正気ですか。そんなの、奥様が許しませんよ」

「女房は関係ない。これは男と男の約束なんだから。ねえ、ママ」

富士本ともう何年も男女の関係にあるママは、複雑な顔をして笑った。

「それと、さっき言ったように金が回るかどうかはわかりませんよ」

「うん、聞いたよ。だからさ、岡ちゃん、俺は信じるから、ちゃんと成立させろよ。できるよ。岡ちゃんなら、きっとできるよ。俺なんかさ、自由そうに見えるだろ。でも、結局のところ、サラリーマンなんだよ」

富士本は自嘲気味に小さく首を振った。

「やりたいことをやってきた人間と、自分を押し殺して我慢して来た人間、どっちが魅力的だと思う」

「比べられないような気がするけど、俺はやりたいことをやる人間でありたいと思っています」

「そう、岡ちゃんはね、そっち側の人間なんだ。もちろん、やりたいことをやれば必ず成功するというわけじゃない。ただ、やりたいことをやってみなければ、そもそも成功することなどない、というのは事実だよな」

勢事は黙ってうなずいた。

「岡ちゃん、まずは自分を信じろよ。俺の経験上、強運を手に入れる人ってさ、みんな自分を信じている。これはまぎれもない事実だぞ」

なるほど、勢事が出会ってきた成功者たちも、確かに誰もが自信たっぷりだった。

「自分を信じるのはね、岡ちゃん、口で言うほど簡単なことじゃないよ。でもね、自分を信じきって、行動して、リスクを取った人だけが成功しているんだ」

「どれくらいの確率で?」

「まあ、十人に一人だろう」

難しい顔をして黙っている勢事を、富士本は指をさして笑った。

「岡ちゃん、10%なんて確率が低いと思ったんだろう。でもね、自分が信じられない人の成功確率はゼロだぞ。岡ちゃんは十人に一人になればいいんだ。できるよ」

富士本はここで表情を引き締めて、「俺は単に岡ちゃんを褒めているわけじゃないんだ」と言った。

「自分の人生を生きるべきだってのは、それは正論ではあるんだが、ただ『人生、やらずに後悔するより、やって後悔したほうがいい』といった物言いは、無責任な世間知らずの言葉だ。無茶な苦労や借金、リスクを背負い込んで七転八倒するなんて、普通の人はしないほうがいいに決まってるもんな」

幼い頃から勢事のまわりには自営業者が多かったこともあり、借金苦で追い込まれていく人間はよく見ていた。

「自分が〝地獄めぐり〟をしているからって、他人や知り合いまで引きずり込んでいいわけがない。ほとんどの人間は安穏に生きることが幸せなんだよ。サラリーマンの中では、俺はちょっと外れた人間だったかもしれない。何度も辞めようと思ったよ。でもね、岡ちゃん、この年になって思うんだ。たぶん、俺はサラリーマンでよかったんだよ。カタギの道でよかった」

「富士本さんがカタギ……」

「そうだよ。俺は善人だ。悪ぶっている善人だ。俺に獣道を歩く勇気はない。でも、岡ちゃんなら行けると思うんだ。獣道を行く肚があると思うんだよ。その覚悟、岡ちゃん、できるか」

勢事は富士本の言葉を噛み締めた。深く噛み締めた。

「富士本さん、俺、覚悟できます。肚を決めます。本当にありがとうございます。時期が来たら、必ずお願いに行きます」

「よし、話は決まった。乾杯だ！」

勢事は信じられない気持ちだった。そもそもは飲み屋で隣り合わせただけの縁である。それがこうまで発展し、実際に金が動く。世の中は何がどうつながるのかわからない、不可思議なものだと、そう思った。

*

母、朝子はそもそも勢事の転職に対して否定的だった。地元では有名な企業グループに松田のコネでせっかく入社できたのに、一生安泰の約束を自分から反故にするなど愚かだと嘆いていたのだ。

しかし、肝臓の状態が悪くなってから、朝子の考えは変わった。朝子は幼い頃に大怪我を負い、受けた輸血が原因でC型肝炎にかかっていた。持病とは騙し騙し付き合ってきたが、長年の水商売でアルコールの摂取は避けられず、肝臓はゆっくりと、しかし確実に弱っていった。

勢事が病院に就職して二年が経つ頃には、症状はかなり悪化していた。具合が悪くなると、勢事は院長に掛け合って、個室のベッドを用意してもらった。ナースたちも勢事の母親ということで気を掛けてくれる。朝子が「退院したい」と言えば、手続きは即座に進んだ。朝子のわがままを、医師とスタッフが許し、支えてくれたのだ。

「ねえ、母さん。俺が商社を辞めたこと、間違った選択って言いよったよね」

勢事はあるとき、ベッドに横たわった朝子にそう尋ねた。

「今もそう思うと？」

「いや、あんたが病院に勤めてくれたおかげで、お母さん、こんなに良くしてもらって感謝しとうとよ」

「現金なもんやね」

「そんな、勢ちゃん、病人を責めたらいかんよ」

母の困ったように微笑む表情を見ながら、勢事はまんざらでもなかった。母には頼り、甘えてばかりの人生だった。少しは恩返しができたのかもしれない。その思いは勢事の心をほのかにあたためた。

朝子の病状が悪化してから、松田はそれまで以上に献身的に世話を焼くようになった。

「勢ちゃん、明日からお母さんを青森の温泉に連れていくよ。肝臓にいいって聞いたから」

「そうですか。ありがとうございます」

勢事は素気なく答えたが、松田の優しさがありがたくて、心の中で何度も手を合わせた。

朝子が入院するとなれば、松田は毎日のように見舞いに来た。仕事は忙しいはずだし、自分の家庭のこともあるだろう。余計なことだと思いつつも、勢事のほうが心配するほどの時間の割き方だった。

朝子の死期が近づいていることは、医療人となった勢事には十分すぎるほどわかっていたし、松田にも「そう長くはないだろう」と伝えていた。覚悟をしておいてほしい、と。

勢事が執務する五階に、副院長から内線が入った時、「ああ、これで終わったな」と直感した。階段を駆け下りて、四階の病室にたどり着くと、朝子の心臓はすでに止まっていた。蘇生に取り掛かろうとする医療チームを、勢事は止めた。

「副院長、これでもし意識が戻っても、母はまた痛みに耐えなきゃならないだけですから……ありがとうございました」

勢事は誰よりも先に松田に連絡を取った。松田は一時間もしないうちに病院に駆けつけ、まだ温かみの残る朝子の手を握り続けた。

「松田のおじさん、母がこれまで本当にご迷惑をかけました。ありがとうございました」

松田は「いやいや」と首を振る。

「救われていたのは、僕のほうだったんだよ。勢ちゃん、朝子さん、最後の日々は勢ちゃんと一緒で、良かったと思うよ」

「ずいぶん好き勝手しましたから、これが唯一の親孝行だったかもしれません」

松田は勢事の肩を叩いて、何度も何度もうなずいた。

「力が足らんで、ごめんな。勢ちゃん、ごめんな」

勢事はただ首を横に振ることしかできなかった。滂沱の涙は母の死に対してではなく、松田への感謝の念があふれたものだった。そして、このとき、「この人を目標に人生を生きよう」と心に誓ったのだ。

＊

だから勢事にはもう、父親は必要なかった。そして、無条件に誰よりも自分を優先してくれる母を失ったことで、勢事は自立が促されたように感じた。

無償の愛、無償の心配をくれるのは親だけだ。しかし、しっかりした存在に守られると、人は甘え、依存する。勢事は「子どもが自立するためには、親が早く死ぬことが一番だ」と聞いたことがあった。その意味では「孝行をしたい時には親は無し」が自立の基本なのかもしれない、と勢事は思った。智徳学園のピンチは自分自身で切り抜ける。松田の顔を思い出しながら、そう心に誓った。

しかし、バイクとの事故で骨折した右足は、いまだ石膏で重く固められたままである。このまま講演活動ができなければ、学園が立ち行かなくなるのは時間の問題だった。

打開策はあるのか。保険金が取れればいいのだが、それが無理なことはわかっていた。バイクを運転していたのは大学生で、自賠責保険には入っていたものの、保険会社に問い合わせて調査させたところ、「今回のような事故では保険は下りない」という明確な判断が下ったのだ。

しかし、これは果たして、最終的な結論なのだろうか。ひっくり返す方法はあるんじゃないか。

一週間前のことだった。有力な地元財界人が勢事のもとを見舞いに訪れてくれた。彼は自らが副会長を務める福岡の経営者団体への入会を勧めた。勢事は「何もこんな時に」と思いながらも、「推薦してもらえるなら、おっしゃるとおりにします」と伝えた。経験的に、力のある先輩の言うことは大人しく聞いておいたほうがいいと考えていたからだ。

病室のベッドの上で、その有力者の顔が思い浮かんだ。彼がやってきたのは、偶然じゃないのかもしれない。

待てよ。そうだ、あのルートが使えるんじゃないか。勢事は自分の閃きに興奮した。足が折れてなければ、飛び上がったかもしれない。

その経営者団体の中で勢事が知っている人物の中に、保険会社に顔が効く人物として三人の顔が思い浮かんだ。一人は百四十年以上続く福岡の企業グループのトップ。一人が地元電力会社の有力者。そしてもう一人が新興宗教の教祖だった。勢事は必死の思いで手紙を書いた。

「今、私は困っています。そして何より、子どもたちが困っています……」

そこからのスピーディな展開はすさまじいものがあった。三日後、保険会社の支社長から連絡があり、すぐに約五百万円が振り込まれることが決まった。勢事は「もっと取れるのではないか」と欲を出して、様々な要求を突きつけた。結局、合計で約千八百万円を引っ張り出した。最後は保険会社の課長が「岡倉さん、これで勘弁してください」と二百万円を持って来て、事故におけるすべてのやりとりが終わった。

智徳学園はこの保険金で、なんとか息を吹き返すことができた。ただ、毎月、赤字を垂れ流す状況に変わりはなかった。

どうにかしなければならない。

勢事の焦りは募っていた。

# 第2章

智徳学園には業績改善の要素がまるでなかった。いや、むしろ借金は嵩んでいた。利用者の増加で移転を余儀なくされ、その費用がさらに重くのしかかっていたのだ。

思ったよりもコストがかかった理由のひとつは、勢事が自分の興味を抑えきれず、感覚統合療法のための高額な器具を買い入れてしまったからだ。感覚統合療法はアメリカで考案された神経発達症の治療法で、日本には一九八〇年代に初めて紹介された最新の理論であり、専門器具であった。

世間の注目を集めるためにも、勢事は智徳学園に話題を作り続けなければならなかった。業界の見学者が相次いだ点で、その狙いはある程度、達成できたのかもしれない。ただそれが、コストに見合うものでなかったことを、勢事はすぐに思い知らされることになった。

そして、もうひとつの理由が内装費だった。勢事には広告会社に勤務する関村という友人がいた。変わった男で、見えないものを感じる特殊な力があり、自らを「チャネラー」とか「ヒーラー」と呼んでいた。

その能力は経営者の間でも知られていて、全国にディスカウントスーパーを展開する成長企業の社長に頼りにされ、これからの展開に関する「予言」を与えたりもしていた。関村の広告営業マンとしての能力は確かだったが、勢事にとってはスピリチュアルな裏の顔と、そこに集まる彼の人脈のほうに興味があった。

学園の移転に際して関村は「内装はまかせておけ」と勢事に言った。関村が懇意にしている内装会社が入ることになり、工事は勢事の思惑を超えて進んでいった。おかげで立派な教室が完成したが、工事費は予想の倍にも膨らみ、しかし、事前に公正証書を取られていたこともあって、事後の値下げ交渉は一切、受け付けられなかった。

関村は「まあ、工事なんてだいたいこんなもんだ」と笑った。

「岡ちゃんなら、なんとかできるよ。俺にはね、未来が見えるから」

調子のいい男だと思ったが、憎めなかった。

この内装の委託をきっかけに二人は頻繁に飲み歩く仲になった。どちらも金に余裕はなかったが、高級クラブを訪れては、まるで金持ちのような飲み方をして、有力者のように振る舞った。もちろん、それはハリボテだから、月末になるとお互いに連絡を取り合い、互いのなけなしの金をかき集めてツケを支払い、見栄を保った。

返済額が増えているのに、金遣いは荒いままだから、当然ながらキャッシュフローは悪化していく。とにかく現金が足りない。月末が近づくと、いよいよこれで終わりかと眠れないほどのストレスに苛まれた。いっそすべてを終わらせたい。毎日のように、そう思っていた。

それでも、勢事はこの事業を放り出すことができずにいた。職員や利用者のため、というのもあったが、いや結局は自分のためである。福岡の経済界ではあくまで「智徳学園の岡倉勢事」として認識されている。今、これを失えば、勢事はその時点で「ただの人」に成り下がる。それは耐えがたい屈辱だったし、成功者となる可能性を絶たれることでもあった。

勢事にとっての成功とは何か。それはまず金であった。

「金がないのは、首がないのと同じ」

父、丈治はまったく信用のできない人物だったが、彼が時折口にする警句は理が通っていた。決して上品とは言えないが、綺麗事じゃない、極めてリアルな事実が含まれた、独特の奥行きのある言葉だった。それは丈治のような修羅の世界を生きてきた人間だからこそ、獲得できた思考に違いなかった。

金がなくては何もできない——。もちろん勢事にしても、単純に「金があればなんでも買える。なんでもできる」などとは思ってはいない。しかし、金がなければ、自由は大きく制限されてしまう。金がない人間に人は振り向かないし、その主張を聞こうともしない。それがこの社会のリアルだ。

それに勢事には、金を稼がなければならない現実的な事情もあった。酒と女のための金が必要だったのだ。なぜ、そうまでして、高級な店に出入りして、金をばらまくような行為が必要なのか。それは勢事自身にもよくわからなかった。ただ、おそらく勢事にとって、中洲は故郷であり、ホステスは家族なのである。勢事にとって夜の街での遊興は、帰巣本能に従った行為なのかもしれなかった。

店に気に入った女がいれば口説いた。外見には自信はなかったが、ホステスと心を通わすのは、勢事にとってそれほど難しいことではなかった。これは勢事の〝育ち〟に関係するのかもしれない。女たちは勢事のあけすけな物言いに反発し、笑い、いつしか心を開くのだった。

付き合いが始まれば、毎月、幾ばくかの金を渡した。それが男としての責任だと、知らず知らず思っていたのは、松田の影響だろう。とくに女手一つで子どもを育てているホステスには弱かった。関係が薄れても、金銭的な支援を続けたりもした。

そうした支出は、積み上がっていけば、ばかにならない額になっていった。だのに、勢事には「節約をしなければならない」という思考は働かない。出ていくぶんをまかなえるだけの金が必要だと考えるのだ。

つまり成功とは、金のための成功だ。名声はいらなかった。有名になるのは、むしろ御免だった。

「勢事くん、先頭に立つなよ。先頭は撃たれる。先頭が撃たれてから、ゆっくり腰を上げるこっちゃ」

これも丈治の言葉だった。人間社会は嫉妬が渦巻いている。だからとにかく目立たないようにすべきで、それは勢事も心得ていた。人にちやほやされたいという欲求はなかったし、多くの人に認められる必要もなかった。

財界での認知を求めてきたのは、それもやはり金のためである。実際、これまで智徳学園がなんとか続いてきたのも、有力者たちからの寄付のおかげだ。それがなければとうの昔につぶれていたに違いない。勢事が予想した通り、大義名分を掲げた学園は、有力者との縁をつなぐパスポートとなった。

しかし、その一方で底の抜けたバケツでもある。いくら金を入れても、少しも手元に残らない。勢事は徒労感を覚え始めていた。智徳学園は、もっと大きな金を稼ぐための、いわばファーストステップなのだ。これがうまくいかなければ、次の階段に足をかけることさえできない。沈没を避けるための、何らかの手立てが必要だった。

＊

そんなときに、声をかけてくれたのが、福岡市内に本社を構える健康食品会社『フォーヘルス』の遠藤社長だった。彼も智徳学園の理念と実践に共鳴してくれた経営者の一人だった。

「岡倉さん、障がい者事業のほう、大変なんだって？」

「ええ、創業からずっと火の車です」

「いや、しかし、よく続けていらっしゃる。頭が下がりますよ」

明らかに太り過ぎの遠藤はいわゆるチェーンスモーカーで、消したはなから次のタバコに火をつける。健康を掲げた会社の社長が不健康な生活をしているのは、お決まりのパターンだなと勢事は思う。

「ありがとうございます。子どもたちと、その親のことを思うと、やめることはできなくて……」

金のために、あるいはのし上がるためにやめられないという本音を隠すのは、もはや朝飯前だった。勢事から見れば、遠藤は「単なる人のいい、中小企業のおっさん」だ。付け込めるところは、はっきりと見えている。

年商は十億円ほどで大成功とまでは言えないが、学園に寄付できるくらいの小金は持っているだろう。最低でも百万、うまくいけば二百万……勢事の頭の中では皮算用が始まっていた。さあ、ここからどうやって金を引き出すか——。

「岡倉さん、あなたの講演、相変わらず評判がいいね」

なんだ、また講演の紹介かと、勢事は内心、がっかりしていた。勢事に最初に講演を勧めてくれたのは遠藤だった。十万円程度の講演料は、学園にとってありがたい金額だったし、寄付を集める場ともなっていた。ただ、今は、もっと大きな金がいるのだ。

そんな勢事の本音も知らず、遠藤はほていのような笑顔でうなずく。

「みんな、感動するってね。岡倉さんの話を聞いたら、涙が止まらないって……」

勢事は「いえいえ」と謙遜したが、講演のウケがいいのは事実だった。小学生の頃から詩吟の大会で大勢の前で吟じたり、テレビののど自慢番組に出演したりといったこともあって、勢事には「舞台度胸」が身についていた。そして、学園の中にはいわゆる「いい話」が山ほど転がっている。それを切々と語れば、ご婦人方の涙を誘うくらい、造作もないことだった。実際、講演会の後、会場に設置された募金箱に集まる金が、学園の、欠かすことのできない運営資金となっていた。

「岡倉さん、その話術を使って、健康食品を売ってみませんか」

「私が？ 健康食品を？」

「ああ、あなたはこれまでどおり講演をしてくれればいいんです。それで、最後にね、ほら、商品を勧めればいい」

遠藤は宮崎に「ネイチャーホール」という会社があり、そこが講演家を使って健康食品を売りまくっているのだ、と言った。

「うちなんかはね、もう細々とやるだけだけど、あちらは派手ですよ。大きな会場でね、バーンと販売会をやるんです。私も見に行ったことがあるけど、いやもう、それはすごい熱狂ぶりでね」

熱狂という言葉に妙な引っ掛かりを感じたが、いやその引っ掛かりこそが金の匂いだと、勢事のセンサーは敏感に反応した。

「遠藤社長、率直に聞きますが、この仕事、儲かるんですか」

遠藤が無言のままにったりと笑った瞬間、勢事はこの話に乗ろうと決めた。

*

勢事が案内されたのは、福岡市の郊外、田んぼが広がる中に建つ倉庫跡だった。入り口には「ネイチャーホールの健康フェスティバル」というド派手な看板が掲げてある。

　中に入ると、ベニヤ板で作った簡易な台の上に、ハッピを着た若い男女が、食品を並べているところだった。「卵3パック100円」「ボローニャのパン一斤10円」など、どれも普通の感覚ではあり得ない金額だ。

　奥を見やると講演用のステージが設置されていて、その前の青いビニールシートの上に客席としてのパイプ椅子が並べられている。ざっと計算して三百以上はあった。

　勢事は説明のつかない違和感を覚えたが、その正体がわからないまま奥へと進んでいく。そこに、ここまでの運転手だった小早川が「さあ、先生、こちらにどうぞ」と声を掛けてきた。

「そもそも俺の講演に、こんなに人が来るのかね。しかも、こんな場所で……」

「もちろんです。集客は我々にお任せください」

　そう言って、自分の腕を叩いて見せる小早川はネイチャーホールの社員で、まだ二十代前半だろう。名刺の肩書には「イベントプロデューサー」と書かれていた。痩せ形で、いわゆる茶髪をオールバックにまとめている。チェーン店で買ったのだろう、ペラリとした生地のブラックの三揃いのスーツ。しかし、ネクタイは、ジャンポール・ゴルチエだ。コーディネートというよりも金額のバランスが悪い。

「先生、楽屋なんですが、こんなところですみません」

促された場所は会場の一角をパーテーションで区切っただけのところで、机が一台、その前に客席と同じパイプ椅子が置かれていた。

「何か必要なものがあったら、遠慮なくおっしゃってください……と言っても、道中、コンビニもありませんでしたけどねえ」

小早川はそう言って、軽薄に笑った。

「ええっと、スケジュールをお伝えしますと……十時から食品の即売会があって、先生のご登壇は十時半です。今が九時半ですから、一時間ほどお時間がありますが、ここに居てくださってもよろしいですし、どこかでお待ちになっても……と言っても、コンビニもありませんでしたけどねえ」

同じテンションで笑う。

「いや、俺はここでいい。スライドの準備をしてから、本でも読んでいますから。よかったら、コーヒーを持ってきてくれる?」

「喜んでえ」

小早川はチェーン居酒屋の付け焼き刃の接客のような言葉を残して去っていった。

インスタントコーヒーの紙コップを手に、勢事がパソコンの中の講演資料に目を通していると、会場がにわかにざわついてきた。腕時計を見ると九時四十五分。楽屋を出た勢事の目に飛び込んできたのは、入り口の販売コーナーの人だかりだった。高齢者が大半で、誰もが黄色いビラを手にしていた。拡声器を持った小早川が「並んでください」と声を張り上げている。これから何が起こるのか。勢事は思わず、行列のほうへ歩いていった。

十時になった。福引で景品が当たったときのような鐘の音が鳴る。小早川が「いよいよ始まります!」と声を張り上げた。

「さあ、みなさん、卵、百円です。どうぞ、持っていってください。あ、その黄色い紙はこちらにもらいますからね。はいはい、そっちのバゲットもどうぞどうぞ。砂糖も安いよ！　それでね、ご購入された方、白い紙のほう、受け取ってください。そこに、さらにお得な情報が書かれてますからね」

押し寄せる人、人、人。ある種の狂乱状態である。勢事は販売コーナーの内側のほうに回って白いビラを見てみる。

「本日、岡倉先生による健康セミナーを開催。このチラシを持った方だけ、無料でご聴講いただけます！　最後にお得な情報も！」

しばらくすると、販売コーナーから客席のほうへと、新しい行列が生まれる。スタッフは客から白いビラを回収し、代わりにビニール袋を渡しながら、靴を脱いでシートに上がるように促す。

なるほど、さっき自分が抱いた違和感はこれだったのだと勢事は納得する。そもそも倉庫跡のこの場所で、客に靴を脱がせる必要はない。それでもあえて、このプロセスをつくっているのは、客の「帰りにくい心理状態」を生み出すために違いない。うまくできたシステムだと、勢事は感心した。

多すぎると思えた客席は、あっという間に埋まってしまった。その光景をぼんやりと眺めていると、走り寄ってきた小早川が「先生、そろそろお時間です」と言う。勢事はいったん楽屋へと戻った。

まずステージに上がったのは小早川だった。

「さあ、みなさん、いいお買い物、できましたかー」

会場がざわつく。

「あれえ、お返事がないですね。ぼくが問いかけたら、『ハイ!』と返してください。いいですか?」

まばらに「はーい」の声が響く。

「もう一度、聞きますよ。みなさん、いいお買い物、できましたかー」

声の波は少しだけ大きくなる。

「ああ、声を出してくださった方、ありがとうございます。でも、ほら、みなさんで、お願いします。大きな声を出すのはね、健康にすごくいいんですよ。じゃあ、聞きますよ。今日、百円で卵を買った方！」

笑い声とともに、今度はかなり大きな「はーい」の波が起こった。

「おお、いいですね。それです、それ。お母さん、ラッキーでしたね。なんてったって、三パックで百円だもんね」

小早川は前列の老婦人に手を向けて話す。

「ぼくはね、また後で出てきますから、お母さん、僕のこと、忘れないでね」

これだけで会場に笑いが起きるのは、このプロットが考え抜かれ、試され、修正され続けてきたことを証明していた。

「この後は、みなさんお待ちかねの、岡倉先生のご講演です。岡倉先生は作業療法士としてたくさんの患者さんを治してこられたんですが、中でもとくに発達障がい児を救おうと教育施設をおつくりになった、本当に、本当に、偉い先生なんです。すごい先生なんです。みなさん、最後に聞きますよ。先生のお話が聞きたい方！」

会場全体から合唱のような「はーい」が聞こえた。場慣れしている勢事も、これにはさすがに鳥肌が立った。大きな拍手の中、勢事はにこやかな表情を意識的につくりながら、ステージに上がるのだった。

*

勢事はまず智徳学園の活動について話をする。もう、幾度となく語ったストーリー。人がどこで感動するかは十分すぎるほどわかっていた。施設に来るまで鉛筆さえ持てなかった子が、今では読み書きも、簡単な計算もできるようになった実話。彼が母親に宛てた手紙を読み上げると、およそ三割が鼻をすすり上げる。

観客の心をしっかりと掴んでおいて、次は脳卒中の話だ。作業療法士として、症例は山ほど診てきた。資料を見せながら、その怖さを説明する。

「脳卒中はね、症状が突然起こるのが恐ろしいところなんです。それまでなんでもなかったのに、急にガーンと激しい頭痛がする。私、何人にも話を聞きましたが、本当にハンマーで殴られたような痛みなんだそうです」

客席の高齢者たちが一様に眉をしかめる。

「そしてね、次は片方の手足に力が入らなくなったり、呂律が回らなくなったり、片方の眼の前が真っ暗になったり、物が二重に見えたりといった症状が出ます。ここまで来ると、もう危ない。すぐに救急車を呼んでください。遅れたらアウト。意識がなくなって、回復しないままあの世行き、というのも珍しくないんです」

口に手を当てて、うなずいている女性たちを見ながら、勢事は完全に場をコントロールしている感覚に満足する。

「こうならないためにはね、そう、日頃から健康に気を遣ってくださいね。ちょっとこのグラフを見てください」

プロポリスを飲んでいる人と、飲んでいない人の脳卒中にかかる確率を表したものだ。プロポリスは当然、ネイチャーホールのメイン商品である。

「いいですか、みなさん。どうか、健康で長生きしてください。そのためには何をすべきか。もう、みなさんはわかりますね。ご清聴、ありがとうございました」

拍手の渦の中、ステージを降りて楽屋に戻ると、入れ替わるようにして小早川が登壇する。

「はい、岡倉先生のお話、すばらしかったですね。今日はですね、今、先生がお話しになっていたプロポリスの一週間分を、なんとみなさんに無料で差し上げます。今日だけ、ここだけの大サービスです。欲しい方、元気に『ハーイ!』と声を出しながら、手を挙げてくださいね。いいですか。さあ、プロポリス、欲しい人!」

パーテーションの隙間から客席を覗いていた勢事は、その光景に再び鳥肌が立った。ほとんど全員が、大声で「はーい!」と叫びながら、手を挙げている。集団心理というやつは、こうも見事に作用するのかと、感動さえ覚えた。

若いスタッフが小さな袋を会場の客に配っていく。半分ほど行き渡ったところで、小早川が「みなさん、ステージに注目してください」とアナウンスする。

「プロポリスはね、続けてこそ意味があるんです。そのお試しを飲んでみてからでもいいんですが、もし今日、長期の契約をしてくださった方には、なんと二割引、いいえ三割引でご提供いたします。この会場にお越しくださった方にだけの特別なサービスです。昨日もね、みなさんご契約されてお帰りになりました。じゃあ、聞きますね。元気な声で『ハーイ!』をお願いします。プロポリスの年間契約、なんと三割引、これ、欲しい人!」

またもや「はーい!」の声とともに多くの手が挙がる。もちろん、この中にはサクラも入っているのだろう。しかし、それを差し引いても、とんでもない売れ行きだ。

勢事は小早川の語りのうまさに感心していた。そもそも、イベントは今日が初日なのに、のうのうと「昨日の客はみんな契約した」と平気で嘘を言う。しかも、その嘘が板についていた。

販売コーナーは、いつの間にか契約のテーブルとなっていて、そこにまた人が並び始める。その行列は、すなわち金だ。これぞまさに「鴨がネギ背負って」で、高齢者が金を抱えて、向こうからやってくるのである。勢事は思わず息を飲んだ。

呆然と立ち尽くす勢事のもとに、小早川が寄ってくる。

「先生、ありがとうございました。素晴らしい講演でした。それはほら、この行列が証明しています。それで、講演料をお渡ししたいので、あちらのほうに」

勢事は促されるままに楽屋に入る。小早川は胸ポケットから茶封筒を取り出した。

「本日の講演料、五十万円です。こちら、領収証にサインと印鑑だけ、お願いします」

事前に言われて持ってきておいた三文判を押す。

「あと、今日、取れた契約の歩合の分については、後ほどお知らせします。いやあ、岡倉先生、この結果はうちの社長も喜ぶと思います。しっかり報告しておきますね。お帰りは別のスタッフに送らせますので、本当にありがとうございました」

勢事は夢見心地で、ネイチャーホールの社用車に乗り込んだ。人生というストーリーの場面が大きく転換するのを感じながら……。

＊

それからの勢事はとんでもなく忙しくなった。

ステージに上がった勢事が熱弁を振るうと、プロポリスやローヤルゼリーといった健康食品が飛ぶように売れた。講演は朝十時、昼の二時、夜の六時という三部制で、一日に四千万円以上を売り上げたこともあった。歩合は5％だったから、勢事の取り分はそれだけで二百万円にもなった。

こうなれば、「岡倉先生が勧めれば売れる」という情報が業界を走る。数社からのアプローチがあったが、勢事はその中で尼崎のガウザーという会社と契約を交わした。社長の檀浦は人情家で、智徳学園の話をすると、大いに共感し、支援を約束してくれた。裏社会に通じている雰囲気を持っていたが、それも勢事には魅力に映った。

ネイチャーホールと、このガウザーの二社で、月の予定はどんどん埋まり、勢事の会社は急に金回りが良くなった。智徳学園は相変わらず赤字だったが、キャッシュの残額を気にすることはなくなった。

ネイチャーホールからは、毎月五百万円の顧問料を支払うという申し出があった。とくに何をしなければならない、ということはない。他社に移らずに、ただ今まで通り、自分たちの商品を売ってくれという、いわば契約料のようなものだった。

これで生活が変わった。いや、変わったというよりも荒れた。勢事は現金でもらった講演料を、事務所の段ボールに無造作に入れていた。夜になると、そこから百万円の束を取り出し、ズボンの四つのポケットと上着のポケット、さらに両胸の内ポケットに突っ込んで、合計八百万円を持って飲みに出掛けた。それくらいの金を持っていなければ、不安になるくらいだった。

連れ歩くのは大学時代からの親友たちだ。金を出す身になったら、「おまえたち、今日も飲みに行くからついてこい」「おい、もう帰る気か。あと一軒いくぞ」「あの女、俺の代わりに口説いとけ」と、ついつい態度が尊大になる。ある時、最も信頼していた友人から「おまえとは、もう一緒に飲みたくない」と言われた。

「勢事、おまえ、おかしいぞ。そんな人間になるくらいなら、金なんて稼ぐな。勢事、もうおまえ、死ね」

そう言われても、勢事は自分の変化に気づけなかった。

「いいやん、俺が奢るんやから」

「そこよ、そこ。勢事、今のおまえにはわからんやろうな」

別にわからなくたっていい。そう思った。

勢事は智徳学園を閉めた。こうして次のステップに上がった今、道具としての役割が終わったからだ。赤字を垂れ流すだけの事業体など、持っている意味がなかった。

一方で自ら健康食品の会社を立ち上げた。自分で講演し、自分の商品を売れば、もっと儲かる。その単純な構図に気づいたからだ。イベントの〝手口〟は知り尽くしていた。ガウザーから二人の社員を引き抜いて事業を拡大していった。

これに怒ったのがガウザーの社長、檀浦だ。勢事は尼崎の事務所に呼び出された。

ソファに深く座った檀浦の表情は、これまで見たことがない険しさだった。

「おい、先生、あんた、どういうつもりや。恩を仇で返すようなことしくさって」

「すみません」

「すんませんや、あらへんやろ。どう落とし前つけるんや」

いったんデスクに戻った檀浦は、引き出しから刃渡り三十センチはあろうかという包丁を取り出し、それをテーブルにどんと突き立てた。

「先生、わしはなあ、時々、狂気の世界に入るんや」

「社長、ヤクザじゃないんだし、これはないでしょう。どうしたら許してくれるんですか」

勢事はこの状況に対して「面倒なことになって、まいったな」とは思っていたが、一方で恐ろしく冷静な自分を感じてもいた。実際、怒りにたぎる檀浦を見ながら、「俺、結局、この人のことが好きなんだな」などと考えている。

「許すも何も……なあ、先生、そしたら、これからは一緒に商売やろうや」

「一緒に？」

「そう、うちのグループに入れっちゅうことや」

「わかりました」

「え、ええんか？」

「はい。むしろ社長のノウハウを教えてもらえるならば、私たちにとっても好都合です」

先ほどまで憤怒の表情だった檀浦は、途端、気の抜けたような顔をした。勢事がにやりと笑うと、檀浦は咳払いをして、眉をひそめて厳しい形相に戻す。

「これで許された思うなよ。本当に許すには条件がある」

「条件？」

「条件ちゅうたら金やろが」

「いくらですか」

「三百万で手を打とうやないか」

勢事は思わず顔がほころぶのを隠すのに苦労した。たった三百万でいいならば、安いものだ。勢事は鞄の中に用意していた金の中から札束を三つ、封筒に入れると、突き立ったままの包丁の横にそれを置いて席を立った。

「じゃあ、社長、そういうことで。これまで以上によろしくお願いします」

勢事はそう言いながら立ち上がり、頭は下げずに、ガウザーのオフィスを出ていくのだった。

*

一回り年下の主治医から心臓の手術を提案されたのは、勢事が四十二歳になったばかりの時だった。

「私の先輩がカテーテルアブレーションという手術を考案しまして、簡単に言えば、不整脈を出している悪い部分を焼き切るものです。一発でよくなります」

「一発で？　先生、これとは俺、二十八年間、付き合ってるんだよ」

「岡倉さん、何度も言わせないでください。一発です」

手術室に入ると、心臓が激しく脈打ち出した。執刀医が「こんな偶然ある？」と笑う。

「岡倉さん、前に説明した通り、本来は人工的に発作を誘発させるんですが、たまたま発作が起きたようですね。好都合です。このまま進めます」

三本のカテーテルを挿入し、血管を通して心臓に集め、カテーテル先端から高周波電流を流して異常な電気興奮の発生箇所を焼灼する。

局部麻酔なので、勢事の意識ははっきりしている。体の内部のことだが、焼いているのはわかる。

「先生、なんかやけどしているような感じがする」

「ええ、今、実際に焼いていますからね」

手術はわずか一時間半で終わった。長年、苦しんできた持病が、こんなにあっさりと治るなんて、勢事はむしろ拍子抜けするような思いだった。

心臓の心配がなくなった勢事は仕事にも酒にも女にも、これまで以上に精を出した。その働きは売り上げ、利益となって跳ね返ってきたし、比例して支出の額も増えた。つまりは金が流れるパイプの口径が大きくなったのである。

資金繰りでは苦しまなくなったが、だからといって悩みがなくなったわけではなかった。結局のところ、稼いでいるのは俺だけだ。そんな気持ちがあったからだろう。勢事の社員への当たりは強かった。夜の街に社員を連れ歩くことも多かったが、酒の席では決まって彼らをなじった。

「おまえにとって、俺は必要な人間だよな」

社員は黙ってうなずくしかない。

「でも、おまえは俺にとって必要な人間じゃない。なあ、早く俺にとって必要な人間になれよ。おまえ、今のまんまじゃ給料泥棒やろ」

そう言って、胸の内ポケットから取り出した札束で社員の頬を叩いたこともあった。心を病み、辞めていく者もいたが、勢事は「弱虫が淘汰された」としか思わなかった。

放埓にも拍車がかかる。勢事は智徳学園を創立した頃に、専門学校時代の同級生と結婚していた。しかし自分自身がいわゆる「幸せな家庭」を作ることについては、うまくイメージできなかった。父親のロールモデルがなかったし、尊敬しているのは「松田のおじさん」の生き方。家庭には毎月、しっかり金を入れはするが、勢事にとっては、それが男として果たすべき責任であり、付き合う女性も同じように経済的に支えるのが、勢事流の誠実さだった。

それが妻にとって、あるいは社会の規範から鑑みて、非常識であることはもちろんわかっていた。ただ、勢事にとって女性と関係を持つことは自らが生きていることを実感できる瞬間であり、金を稼ぐことのモチベーションであり、なにより心の癒しだった。自分を社会の常識の枠にはめることなど、とうていできないし、するつもりもなかった。

東京で講演の仕事が終わると、勢事はその緊張と高揚を体の中心に残したまま、決まって銀座の高級外車のショールームの前に立ち、駅から吐き出される人々を眺めた。勢事はその中からホステスだけを見極め、気に入った女がいれば、その後を追った。店のドアを開けるとボーイに「今、この店に入った子、後からテーブルにつけて」と言って、ソファで待つ。

いきなり指名してきたのはどんな男なのか。いぶかしむ気持ちを、笑顔の奥に隠した女が隣に座る。

「どうして私を？」

「いや、偶然、この店に入っていくのを見かけて、あまりに美人だったから」

「うそ」

「まあでも、そんなことはどうでもいいじゃない。シャンパン入れようか」

「ほんと？ うれしい！」

翌日も同じ店で指名して、シャンパンを開ける。勢事は極めて短期間で多額の金を使う上客、いわゆる「太客」になるのだ。その上で、「俺とするのか、しないのか。今、決めろよ」と率直に聞く。月に五百万円もの金を使う勢事を、ホステスは離したくない。

「俺のこと、嫌いなのか」
「嫌いだったら、アフターに付き合ったりしない」
「だったら、いいじゃないか」
「そうだね」

店のナンバーワンが、あっさりと首を縦に振る。長くてかかったとしても三カ月あれば、勢事に落とせないホステスはいなかった。

もちろん、同意させるには金の力が大きかったが、ここでも勢事のホステスの心にすっと入っていける「才能」が効果的に働いた。ホステスという仮面を外させ、一人の女にしてしまう力だ。勢事には彼女たちの「家族」になれる素養があった。女たちはあけすけに本音を話せる勢事を必要とし、いずれ頼るようになった。

だからこそ、むしろ勢事のほうが、「金の関係」としておきたかった。色恋沙汰はとかく面倒である。まさに、金の切れ目が縁の切れ目。「すまない。もう金を払うのは無理だ」と正直に言えば、それで関係が切れる。恨みっこなしの、あっさりした間柄でいたかった。

ただし、そんな関係を維持するのは、簡単ではなかった。たとえば一人に月々四十万円、五十万円といった額を渡すとして、これが五人になれば二百万円を超え、多い時には愛人が八人にもなったから、彼女たちに渡す生活費だけで年間四千万円以上が必要だった。さらに言えば、店での飲み代やプレゼント代、娘が進学するとなればお祝いを、といったように、勢事は「律儀に」金を渡し続けた。稼いだ大金の大半は、女とその子どもたちにつぎ込んだと言っても過言ではない。

しかし、それは勢事にとって、どうしても必要な支出だった。高齢者たちを騙すようにして健康食品を売りつける商売の、その片棒を担いでいるという事実は、想像以上に勢事の心を蝕んでいたのだ。入ってくる金を吐き出し続けるのは、勢事の無意識が贖罪を求めていたからかもしれない。

*

　さゆみと出会ったのは、勢事がホステスたちを次々と篭絡している頃のことだった。その夜、勢事は関村と中洲のクラブにいた。そこにひときわ輝く女がいた。外見的な美しさで言えば、銀座の一流に匹敵する美貌ではあったが、もはや勢事が、その手の美しさに翻弄されることはない。素材さえ悪くなければ、女の外見は金次第で磨かれるものであることを、勢事は熟知していた。しかし、さゆみは違った。ドレスでは隠しきれない人間としての内面的なエネルギーが、勢事をどうしようもなく惹きつけた。

「関村さん、あの子、いいね」

　勢事はウイスキーの水割りをなめながら、あごで隣の席を指した。

「ああ、さゆみちゃんね。この店のナンバーワン」

「やっぱり」

胸元にぎりぎり届くくらいの黒髪と、きめの細かい白い肌は清楚な印象だが、大きな瞳の奥に、強い意志の存在を感じる。たとえばそれは山の奥底で人知れずたぎっているマグマのような……。

「岡ちゃん、さゆみちゃんは無理かも」

「なんで？」

「ガードが堅いらしい。撃沈した男たちはね、まず……」

関村は何人かの経営者の名前を挙げた。地元財界の有名人たちだ。

「ほう、なかなかやるね。じゃあさ、関村さん、作戦を立てよう」

「作戦？」

「そうそう。関村さん、よくこの店に来るんでしょ。俺のいない時に、『岡ちゃんはいい男だよ』って吹き込んどいてよ。俺はさ、しばらく気のない感じでいくから」

関村は「いいね」と言って、いたずらっ子のように笑った。

勢事の思惑通り、〝共犯者〟はいい仕事をしてくれた。初来店から三カ月、勢事にとっては四度目に店を訪れた時のことだ。勢事がボックス席に腰掛けると、後を追うようにさゆみが隣に座った。

「ねえねえ」

「どうした？」

「私も関村さんみたいに、岡ちゃんって呼んでいい？」

「もちろん」

さゆみの背後から、関村が親指を立てる。

「岡ちゃん、あらためてよろしくお願いします」

水割りを渡しながら、さゆみはしなをつくった。

「さゆみちゃん、今日はアフター、付き合ってよ」

「いいよ。誘ってくれてうれしい。私、お鮨が食べたいな」

さゆみは自分の欲望をはっきりと口にする女だった。深夜まで開いている鮨屋で、軽く二十カンをたいらげ、「あれだけの飯が、そんな細い体のどこに消えていくのか」と勢事を驚かせた。二人はその夜に結ばれた。

「ねえ、岡ちゃん、私と付き合ったら大変だよ」

「なんで?」

「私ね、嫉妬深いから」

「ヤキモチを妬かれるのは苦手だ」

「でもね、私、好きになったら、その人が他の女と一緒にいるってだけで我慢できないの。私、普通じゃないから。覚悟しておいてね」

言い返そうとした勢事の口を、さゆみは自分の唇でふさいだ。

金という力を得た勢事は、他人からすれば傍若無人に振る舞っているように見えただろう。確かに自分の感情が赴くままに、言葉を発し、行動する性格は、より強まったかもしれない。ただし、それは自らが自由でいたいからであって、他人を支配したいわけではなかった。逆に言えば、勢事の言動は「誰からも支配されたくない」という意識の表れでもあった。だから嫉妬によって行動を制約されるなど、我慢がならない状況である。

だのに、さゆみが燃やす嫉妬の炎の前では、勢事は沈黙するしかなかった。

「誰、この女？　なんで『おはよう』なんてメッセージを送ってるの？」

さゆみは勢事の携帯電話を突き付けながら叫ぶような大声で詰問してくる。

「おはようくらい、誰にだって言うだろう」

弁解する勢事の目を睨みながら、さゆみは携帯電話を真っ二つに折った。

「なめんな、きさま！」

獣のように叫ぶ。

携帯電話を折られたのは半年で三本目だと思いながら、勢事は深くため息をつく。

もういい。今度こそ別れよう。そう思うのだが、夜になるとまた連絡をとってしまう。勢事は「前世からの因縁があるんだろう」と思うことにしていた。さゆみが怒りを爆発させるたびに、「今生の世では、彼女に奉仕し続ける運命なのだ」と自分に言い聞かせた。

さゆみと付き合うようになってから、勢事はぱったりと女あさりをやめた。過去の女たちへの経済的な支援は続けていたが、新たな女を探す気が起こらなくなったのだ。さゆみの悋気の強さもあったが、同時に彼女以外の女じゃ物足りなさを感じている自分も認識していた。彼女自身が言った通り、さゆみは確かに普通じゃなかった。

「私ね、実家がヤクザなの」

そう聞いても、勢事はまったく驚かなかった。むしろ、それで納得できることが多くあった。さゆみが運転する車の助手席に乗っていた時のことだ。商用車が無理な割り込みを仕掛けてきた。さゆみはそれを許さず、ウインドウを下げると、「なめんなよ、リーマン風情が！」と、通りをゆく人たちの注目を一身に集めるほどの大声で怒鳴った。勢事は「こんな啖呵、とても堅気には無理だ」と感心したのだった。

さゆみの突然の逆上の原因は、もうひとつあると勢事は考えていた。覚醒剤だ。実家を飛び出したさゆみは東京や愛知をホステスとして流れ、悪い男との出会いから覚醒剤の中毒になった。彼女の親友がその事実を知り、引きずるようにして福岡に連れ帰ったのだという。友人の献身的な関わりによって中毒症状は脱したものの、後遺症はあるようで、感情の異常なまでの振幅は、その影響もあるのだろうと勢事は思うのだった。

しかしそうした人間の暗部も、深みとして感じさせる魅力がさゆみにはあった。結ばれた日から一年後、勢事はさゆみを店から「水揚げ」した。

「さゆみ、これ受け取って」

封筒には新札で二百万円が入っている。

「なに、これ?」

「なにって生活費。これまでなんもしてなかったやろう」

勢事は「一年間はホステスに直接金を渡さない」と決めていた。どんな人間なのか、最低でも一年間は見ないとわからないというのが勢事の持論だったからだ。

これはビジネスでも同じなのだが、一目惚れほど危ないものはない。この「惚れる」は「ボケる」と同義語だ。惚れている時期に物事を判断すると間違う。惚れている期間は長くは続かない。大事なことは冷静になってから決めるべきで、それまではじっくりと相手の本質を知ることが大切なのだ。

だから勢事は「人を信じるかどうかは出会ってから一年後」と決めていた。むしろ勢事には多くの人が最初から他人を過剰に信じようとすることが信じられなかった。単に安心したいだけなのか。そもそも馬鹿なのか。「最初から他人を買いかぶることは危険だ」と理解しなければ、生きていくことはできないのに、簡単に信じて、後から騙されたと騒ぎ立てるのは、なんとも愚かなことだと思っていた。

一方で、一年後にいったんジャッジしたら、勢事はその評価を簡単には変えなかった。その後、その人の状況が良くなっていったとしても、一年目の時の判断が正しいと考えて簡単に評価を上げない。逆に状況が悪くなったとしても、一年目の評価が高かったのならば、「挽回するチャンスはある」と見る。

それは勢事が人間の本質を「今までのようなこれから」だと考えているからでもある。これだと人に対する判断で悩む必要がない。可能性とか、「がんばってくれそうか」といったことは余計な考慮である。たとえば四十歳の人が、今まで以上の実績をあげることなんてありえない。あるいは、すごくいい女が、突然、悪女になることはないし、その逆も起こり得ない。わかるのは、「今までのようなこれから」であることだけなのだ。

さゆみとの関係も、だから「今までのようなこれから」で続いていくのだろう。そう判断しての二百万円だった。

「こんなお金、私、いらないわ」

「いいから、とっとけよ」

さゆみは困ったような顔をしながら、しかし、うれしさを隠しきれない様子で、勢事はささやかな満足感を覚えるのだった。

＊

勢事のビジネスは催眠術的な手法を用いて客の購買意欲をあおることから「催眠商法」と呼ばれた。中でも商品の購入を希望する客に「はい、はい」と大声で手を挙げさせるやり方は「ハイハイ商法」と言われ、健康食品や健康器具、布団や浄水器など、荒稼ぎする業者が数多く存在した。

これが問題にならないわけがない。その場の勢いに飲み込まれて、正常な判断ができないまま商品を購入してしまった客は、冷静になった時点で後悔し、国民生活センターに相談を寄せる。そもそも「特定商取引法」では「販売目的を隠しての勧誘」は禁じられているため、違法性の高い商法だった。

勢事が初めての講演を依頼された九五年の時点では、まだ批判の声も限定的だったが、二〇〇四年十一月に特定商取引法が改正され、公共の場所ではない場所での、メイン商品や勧誘目的を隠しての連れ込みや販売行為が禁止となってからは、メディアで取り上げられることも増え、世間の風当たりが強くなった。

「ここが潮時だな」

勢事の見極めは早かった。社員たちに状況を説明した上で「この仕事を続ける気はあるか」と問うと、幹部は一様に「やります！」と答えた。勢事はあっさりと「金のなる木」を譲った。未練はなかった。むしろ清清した気持ちだった。

これで部下たちとも別れることになるが、勢事は人との関係にも執着することがなかった。離合集散を繰り返すことは、人間の原理原則だと考えていたからだ。

そのことが理解できるのならば、集まったり、離れたりという判断は、自分自身が下すべきである。理想的には常に断捨離。常に削って、常に決算棚卸しをすることである。その意味では会社を手放し、スタッフとも離れるという判断は、勢事にとって前向きの、積極的な行動であり、だから落ち込んだり、もったいなく感じたりといったことは一切なかった。

逆に注意しなければならないのは「ジリ貧の離合集散」だ。自らの主義の軸を曲げてまで離合集散を繰り返すと、いつの間にか、自分自身が消えてしまう。まして、寂しさや不安を埋めるためだけに他人とくっついたり、恐怖から逃げ出したりするのは愚の骨頂。不安に苛まれた時や、情に流されそうになった時は、やせ我慢、から元気を出してでも、別れる判断、捨てる判断をして、自らの存在を維持することが、渡世の要なのだ。だから事業の落ち目が見えた時点で、勢事は即座に判断したのである。ハイハイ商法で莫大な金を生み出してくれた会社を失ったとき、勢事の手元には三千万円ほどの金だけが残っていた。

ただ、勢事にとって、三千万円は一年も経たないうちに消えてしまう金である。「次に何をやるにしても、種銭がいる」。勢事は切実にそう思っていた。

ふと脳裏に浮かんだのが笹山である。商社時代の上司から紹介してもらった男で、肩書きは外資系ファンドの取締役だが、その実、未公開株を操作して、投資した先に莫大な利益をもたらすという評判があった。何度か酒席を共にしたことがある、という程度の仲だったが、思い切って連絡をとってみた。

「笹山さん、俺にも金を作らせてくださいよ」

「おう、いいよ。簡単なことだ」

「本当ですか」

「じゃあ、できるだけ金を集めてこいよ。そうしたら儲からせてやるから」

「わかりました。なんとかします」

勢事は自分とつながりのある有力者を一人ひとり思い浮かべていく。ピンときたのが、浄水器をネットワーク商法で販売して一財をなしていた川村だった。

「川村社長、未公開株で大きく儲けるチャンスがあります」

「ほう、いいね。岡ちゃん、いくらあればいい？」

「出せるぶんだけ」

「わかった。岡ちゃんを信じよう」

実はこの時、勢事は笹山から告げられた株価よりも高い金額を川村に告げていた。差額分を自分の株とするためだ。勢事は一円も払わずに未公開株を手に入れたことになる。

半年後、この株は上場し、かなりの高値をつけた。勢事自身は株券さえ見ていなかったが、労せずして想像の何倍もの大金が自分のものになったのだ。

「笹山さん、俺の持ち分は全部、売りますんで金をください」

「わかった。じゃあ、大阪まで取りにおいで」

さゆみと二人で伊丹国際空港に降り立った勢事を、笹山はリムジンで待っていてくれた。

「岡ちゃん、さゆみちゃん、今夜はこっちで美味しいもんでも食べていったらいい。金はそこの袋に入れてあるから」

笹山の視線の先を見ると、ごく普通の紙袋が置いてある。まさかと思って手に取ると、ずしりと重い。

「岡ちゃん、よかったな。金は稼ぐもんじゃなくて、こうやってつくるもんなんだ。おもしろいだろう？」

言い得て妙だった。勢事は儲かったことの嬉しさや興奮よりも、「おもしろい」という好奇心に心を支配されていた。

*

この金を元手にして、勢事が新たな金づるを見つけるまでに、それほど長い時間はかからなかった。

勢事はハイハイ商法の会社とは別にもうひとつ、介護関連の事業を手がける日本ケアユニットという会社を保有していた。ただ、これは「介護の周辺に金の匂いがする」という勢事の独特の嗅覚によって設立した会社で、明確な目的はなく、実質的には休眠会社だったのだが、ここに「うまい話」が舞い込んできたのだ。

やはり商社時代の上司に紹介された厚生労働省の高級官僚から、「延命開発センター」を訪ねるように言われた。そこに金脈が眠っているという。話を聞いた瞬間、勢事のアンテナがピンと立った。どんな話が待っているのか、見当もつかなかったが、「金になる」という直感が脳内でほとばしるような感覚だった。

担当者は役人を絵に描いたような男で、しかし持っていた情報はとんでもない代物だった。テーブルに置かれた分厚いコピー用紙の束を、そのまま持って行ってもいい、と言う。それはなんと三年後に実施されるケアクリエーターの資格取得に関する資料で、つまりそこに書かれた内容を理解し、記憶すれば、試験にパスできるテキストとなるものだった。勢事はいずれ大金に置き換わる貴重な極秘情報を、この瞬間に独占したのである。

こんなものが、一銭の裏金もなしに手に入ったという事実を、当の本人である勢事自身が信じられなかった。福岡に戻った勢事はすぐに商社時代の同僚を社員として雇用し、彼にテキストを読ませ、それをビデオに撮った。ナレーションのプロでもない。セミナー講師でもない。ただの素人が文面を読んだだけの映像に九千八百円の値をつけて、全国の大型書店で販売すると、これが飛ぶように売れた。

セミナーも盛況だった。北海道から鹿児島まで、どこで開催しても千人規模の会場が満席。一人五千円の参加費で、これもばかにならない収益となった。ペーパーカンパニーだった日本ケアユニットの売上高は、一気に七億円を超えた。なにせ元手のいらないビジネスなので、利益率はとんでもなく高い。金という面では、またもや勢事に我が世の春がやってきたのである。

翌年、年商二十億円を超えるのが見えてきた段階で、笹山から「株式を公開しないか」と持ちかけられた。笹山には、事業の元手を作ってもらった恩義がある。勢事は副社長という立場になって、自分の仲間を中心に株主を増やしていくつもりで、笹山もそのプランに同意したので、資本政策は全面的に笹山に任せることにした。

上場準備は着々と進んでいたが、勢事には懸念があった。人が育っていなかったのだ。勢事は常に「事業を成長させるには、じっと待つことが大切だ」と考えてきた。

人間、屈まなければ跳べないのである。我慢があるから実りがある。屈んだままの体勢でしばらく力を蓄え、様子を見るのがコツなのだ。人材を揃え、関係性を固めてから、次のステージに移るのが失敗しない鉄則なのである。

逆に言えば、急いで仲間内を固めようとせず、今の手駒でやり過ごすのが、自分自身の力をつける土台となる。その意味で、日本ケアユニットは、絶対的に仲間が足りなかった。

そんな状態で急いで物事を実行すると必ず綻びが生じ、元の木阿弥になってしまう。考えて、考えて、考えて、考え抜いて、実践して、また考え抜くというパターンが賢明なのだ。時流や勢いではなく、しっかり計画して実践するのが、結果として早道となることを、勢事は経験則として身につけていた。

もちろん、思索や思考は、深ければいいというものではない。あまりに深いと、堂々巡りとなり、結果を導き出せなくなってしまう。適度な熟考、熟慮を頻繁に繰り返すのが建設的なのだ。いずれにせよ事業の成長は、忘れるくらいにじっと待つべきであり、「慌てる乞食は貰いが少ない」というのは真実なのだ。

そんな経営哲学を持つ勢事から見ると、笹山は完全に焦りすぎていた。これは危険信号である。笹山の計画通り、このまま事業拡大を継続すれば、日本ケアユニットはそう遠くない未来に空中分解してしまう。そう考えた勢事は笹山に対して、「少し冷静になって時期を見極めよう」と伝えた。

「岡ちゃん、それじゃあ、他の株主が納得しないよ」

「いや、他のと言っても、大株主は私でしょ」

「いや、もう岡ちゃんの比率は三〇%を切ってるから」

「え、そんなこと頼んでませんよ」

「株式のことは俺に任せるって言ってたよね」

「と言っても、それは報告を受けながら、私の了承を得た上でのことでしょう」

「わかった、わかった。まあ、大丈夫だから。悪いようにはしない。ただ、株式は公開するよ。俺はそのために入ったんだからね」

その後も笹山とは議論が続いたが、主張は平行線を辿った。二週間ほど連絡が途絶えた後、突然、笹山からの電話が鳴った。

「岡ちゃん、ちょっと話したいことがあるんだけど、今からお話しできませんかね。ケアユニットのオフィスにいるんですが……」

いつもより、少しだけかしこまった口調に違和感を覚えながら、勢事は答えた。

「ああ、そう遠くないところにいますので、三十分後には行けますよ」

オフィスに入ると、女性社員の白水が挨拶もせず、まるで勢事を避けるように視線を外す。彼女は看護師で、この会社における勢事の秘書役だった。やはり何かがおかしい。

ソファに腰を下ろしたところに笹山が入ってくる。

「ああ、急に呼び立ててすみません。白水くん、これ、コピー取って」

笹山は取締役の一人であり、株主でもあるが、内部の人間ではない。それが勢事の秘書を自分の部下のように使役したのだ。その瞬間、勢事は「やられた」と思った。会社を乗っ取られた、と悟ったのだ。

「ちょっと待て」と言おうとした時、オフィスのドアが開き、弁護士が入ってきて、勢事の両隣に座った。その後ろから株主の一人である井田が入ってくる。老舗の化学品専門商社の創業一族であり、現社長である。勢事はこの男が嫌いだった。他にも三人の知らない男がいて、それぞれが株主だと言って自己紹介をしたが、勢事の耳にはまったく入ってこなかった。のっぺらぼうのような、存在感のない薄い顔に見えた。

井田が咳払いをしてから言った。

「岡倉さん、私たちはじきに臨時株主総会を開く予定です」

勝ち誇ったような顔だ。

「そこでは、あなたの解任動議を発議するつもりです。すでに取締役の中で解任に賛成している人は過半数を超えています」

「なんで私が解任されなければならないんだ」

まあまあ、と言いながら笹山が微笑みかける。

「白水くん、さっきの資料を岡倉さんに」

白水は勢事と目を合わせないようにしながら、一枚のコピー用紙をテーブルの上に置いた。そこには勢事が月に二百万円以上の接待交際費を使ったことが記されている。

「これは仕事に関連した飲み会で使った金だ。何が悪い？」

「果たして、そんな言い訳が通用しますかね。あなたは会社を私物化している。それが紛れもない証拠です。あなたが社長だとね、この会社は上場できない。出ていってもらうしかないんだ」

井田が無表情のまま冷たい声で言う。

戦って勝ち目はあるのだろうか。あるのかもしれない。「なんだこんなもの」と資料を突っぱねて、「あらためて出るところに出て、はっきりさせましょう」と椅子を蹴って出ていく自分を想像してみる。これまでも幾多の修羅場を潜り抜けてきた勢事にとって、それほど難しいことではなかった。

しかし、それだけの執着が自分にあるだろうか。勢事は自問した。時間のかかる戦いになるだろう。その間、勢事は実質的に会社の経営には携われない可能性が高い。

勢事は知っていた。自分こそがこの会社の魂なのだ。魂の抜けた体など、生き続けられるはずがない。勢事が離れれば、この会社はそう長くはもたないだろう。その未来は、ここで抵抗したとしても、変わらないのではないか。そう思った瞬間、戦う気が失せた。

「岡倉さん、名刺を出して、そこに『株は全部売ります』『二度とこの業界に立ち入りません』と書いてください。それで手打ちとしましょう」

一時は勢事に大金をもたらしてくれた笹山だった。その後も、何人かの経営者を紹介し、それは笹山にとっても金のタネになったはずだ。二人はいわば共犯関係にあったわけだが、しかし状況が変われば、あっさりと敵に回る。それが、渡世のリアルだ。つまりは自分自身が甘かったのだ。

勢事は黙って、言われた通りにした。四十六歳の勢事は、これで一切の地位を失った。

# 第3章

日本ケアユニットの株を売ると、勢事の現金資産は身の丈を超える額になった。余生を生きるには十分な金額だとも言えたが、そう思うには勢事は若すぎた。

自分が育てた会社が人の手に渡ったのは癪だが、まあ、いいだろう。この種銭で何をするのか。どう増やすのか。ゆっくり考えるのも悪くない。そう考えて、しばらくは東京・帝国ホテルで暮らすことにした。本館の十六階、角部屋を自分の居としたのだ。

そこで何をやるのか。何もしない。日中は考えをめぐらし、夕方になると銀座のクラブに出かけて、金をばらまいた。荒れた生活だった。状況は受け入れていたものの、その程度には勢事も傷ついていたのである。

一方で勢事は孤独には慣れっこになっていた。寂しいという感情を乗り越えた上で、物事の本質を見極める力がなければ、自立はできないし、事を起こすこともできない。そう考えていたからだ。

もちろん人間はそもそも「寂しい」という感情を抱くようにできていて、だから誰も一人では生きていけないというのは事実である。しかし、「周りに人がたくさんいて賑やかでなければ不安で動けない」と言うならば、自立など実現できるはずがない。だから勢事は勢事なりに、寂しさと闘ってきた。恐れずに立ち向かってきた。

人と一緒にいるのは、本当は寂しいからなのに、それを「他者のために生きる」といった美辞でごまかす人がいる。勢事は死んでも、そんな人間になりたくなかった。「他者を励みにする」というのは、ほとんどの場合、幻想である。孤独に弱い人が生き抜くために身につけた方便であり、弱さの隠れ蓑なのだ。

その証拠に勢事が出会ってきた成功者や権力者のほとんどが身勝手であり、自分のことしか考えていなかった。基本的には他者を必要としていないのだ。孤独に強いものが権力者となり、弱いものは「他者を励み」として、結果、食われるという構図が、この世の中なのである。勢事は強い男でいたかった。人に食われる側ではいられない。

そう思いながら、またたく間に一年が過ぎた。手持ちの金は残りわずかとなった。

「いい加減、何かを始めなければ……」

勢事は福岡に戻って、仕事を再開することにした。

まず手をつけたのが、介護業界のM&Aのブローカーだ。日本ケアユニット時代、病院のM&Aを手がけた経験があった。当時、医療系の買収において日本でトップだというブローカーに会ったことがある。山口組系の大物だと聞いていたが、勢事にはハリボテにしか思えなかった。案内されたのは安い居酒屋で、それだけで人物の格が知れたが、部下に向かって「ヤッパ持ってこい」と言った時は、「虚仮威しにもほどがある」と、正直、失笑しそうになった。

それでも勢事はこうしたブローカーから情報を卸してもらう方法でしか、売りに出ている介護企業や病院の情報を知ることができなかったのだ。

「こんなチンケな男たちの下につくような商売はしたくない。いずれはもっと上流で仕事をやれるようにならなければ」

それは勢事にとって、一つの目標だった。いや、目標という言葉は正しくない。夢を語り、目標を掲げて、社員と共に一致団結して努力していく、といったような経営に、勢事はまったく関心がなかった。

勢事は「人に牛耳られたくない」だけだった。もちろん、尊敬する先輩の言葉なら耳を傾ける。しかし、「虎の威を借る」ような男の指図など、死んでも受けたくなかった。真に自立するためには力が必要だ。力が欲しい。それは時に金であり、情報であり、人脈だった。手に入れるために計画を練り、実行のためのマイルストーンとして目標を設定した。

だから目標と言っても、それは他人と共有するような類のものではない。勢事の内側で静かに、密やかに、しかしメラメラと燃える炎のようなものだった。

介護業界のM&Aはそれなりの仕事にはなった。業界に蠢く魑魅魍魎の中で、勢事は交渉相手を恐れることなく、むしろコントロールしていたからだ。相手が老獪だと思ったとき、力で押してくるであろうと感じたとき、騙しにかかっていると見抜いたとき、勢事はその人物の素行調査を探偵事務所に依頼した。

十日もすれば、表向きがどんなに良く見える人間でも、必ず驚くような一面を持っていることがわかった。人は見かけと本質が全く違っていて当たり前なのだ。そのことを嫌というほど見せつけられた。

調査をやってみれば、人間がいかに信頼できないか、誰にでもわかる。「こんな行動をしているくせに、よくもヌケヌケと偉そうなことが言えるな」と憤慨することもあるだろう。しかし、むしろ、信用しているほうが間抜けで迂闊なお人好しなのだ。この世の中、騙されるほうが悪いのだから。

渡る世間は、嘘つきのろくでなしばかり。「大半の男は盗っ人の詐欺師、女は媚を売る詐欺師だ」と思っておいたほうがいい。少なくとも勢事が存在している世界では、相手を信用することは、即、自らの危機につながる。

人間の汚い部分をしっかり知ってから、物を言い、行動すべきだと、勢事は常に自分に言い聞かせていた。

だから相手を食うことはあっても、食われることはなかった。一定の収益は上がったが、ただ勢事が自分の人生を賭けるには、この仕事は描ける絵が小さすぎた。時間潰しのごっこ遊びのような毎日に、勢事はすぐに飽きてしまう。

船越と会ったのは、そんな時のことだった。山口県・下関の開業医で、自ら院長として経営している病院は一定の利益を出していた。船越はその病院を売ろうと計画していたのだが、交渉していたファンドとトラブルになっていた。懇意にしていた医師からの紹介で、勢事が船越に会うと、いきなり「岡倉さん、ボク、詐欺まがいのファンドに虐められているんだ。助けてくださいよ」と頼み込んできた。

勢事はその瞬間、「この男からは相当な金が切り取れるな」と直感した。食い物にして、むさぼり、空になれば捨てればいい。そう思った矢先に、船越自ら勢事に対して「病院の理事に就任してくれ」と頼み込んできた。

「船越先生、私のような人間を理事にしていいんですか。乗っ取りますよ」

その場では冗談として通ったが、勢事は本気だった。

船越は「ボクは天才なんでね」と広言してはばからない人物だった。威張る。自慢する。ちやほやされて舞い上がる。

「なんと脇の甘い男なんだ」

勢事にとっては格好のカモであり、裸の王様だった。

そもそも自慢話をすることは、自ら墓穴を掘っているようなものである。周りの人間は感心してうなずいてくれるかもしれない。しかし、その人たちは自慢話をする人間の成功や幸せなど、一ミリも願っていないのが実情だ。それどころか、目立つ人間が地獄に堕ちて不幸になることを願っている。

その事実を知らないのは高慢なリーダーだけである。勢事にとって船越は、周囲に「不幸になりたい」と言い続けている間抜けに見えた。

実際、これまで勢事が観察してきた、過剰に自信満々のリーダーたちは、みんなつぶれていった。図に乗った先にあるのは運の尽きなのである。本物は自分で自分を褒めることはない。それは偽物の証。船越が「ボクは天才なんでね」と言うたびに、勢事は素っ裸でうれしそうに歩く、愚かな王の姿を想像した。

一方で、社会的に立場が上がる人、成功を継続できる人の共通点は、冷静で謙虚、それでいて隙がないことだ。若い頃から周囲に持ち上げられてきた人は、そんな人格を練る機会を得ることが難しい。その典型が、医者なのである。

すぐに威張って、自慢してしまう船越のリーダーとしての寿命は、だからそれほど長くないというのが勢事の見立てであった。いかにコントロールして延命し、金を吐き出させるかが肝となる。

船越は山口県の徳山にも病院を持っていた。『徳山ホスピタル』というこの病院は、もともと半世紀以上も前に企業立の病院としてスタートしたものを、船越が買収したのである。さて、この病院も含めて、いかにして食い物にするか。当然、甘い蜜を長期にわたって吸い続けるためには、簡単につぶしてしまうわけにはいかない。つまり、経営改革を実現し、結果を出さなければならないのだ。

ちょうどいい人材がいることを、勢事は思い出した。下関の病院の買収の件で相手方として交渉していたファンドにいた、竹島という敏腕のコンサルタントだ。敵といえば敵だとも言えたが、船越が勘違いして、「このままじゃ乗っ取られる」と大袈裟に吹聴していた面もある。竹島は交渉の間も冷静で論理的であったし、かつそこそこ肚も据わっているように思えた。あの男ならば、経営を改善できるに違いない。勢事の直感が働いた。

しかし、勢事が何度電話しても、竹島は出なかった。「俺を恐れているな」と思いながら、その勘の良さにも感心した。竹島にとって勢事は敵にしたくない存在だろう。これ以上、関わりたくないというのが本音に違いない。

しかし、勢事にしてみれば、「仲間になってくれ」と伝えたいのだ。勢事は竹島のことを徹底的に調べた結果、恩を売ったことのある医師が、竹島の仲人を務めていたことを突き止めた。

「先生、竹島さんが私の電話に出てくれないんですよ。悪いけど、出るように言ってもらえませんか」

竹島のほうから電話がかかってきたのは、二時間後のことだった。翌日、銀座の個室のある和食店で膝を突き合わせ、勢事は自分が描いている絵を竹島に伝えた。それはいかに船越を食い物にするか、という視点で綴られた物語である。竹島はそのアングルを瞬時に理解し、勢事の側につくことを決めた。

＊

船越は自らが消費するための多額の金を必要とする一方で、金を汚いものと考える人間だった。金は要る。しかし、自分の手は汚したくない。竹島が医療法人の金庫番となるまで、それほど時間は掛からなかった。

こうなれば勢事たちのやりたい放題である。月に三百万円の接待交際費をなんのチェックも通さずに使い続けた。もちろん、理事としての三百万円の月額報酬も受け取った上でのことである。

ただし、そんな勢事とて、蜜を吸うだけでいられたわけではない。船越には怪しい投資話にすぐに手を出してしまう癖があった。未公開株、競馬の裏情報、カジノ博打にもはまった。毎回、大きな損をするのに、新しい儲け話が舞い込むとどうしても乗ってしまう。下関の病院で人工透析で稼いだ金のうち、詐欺に消えた金は五億、いや六億は超えるだろうと勢事は見ていた。

「岡倉さん、ヤクザに二千四百万円も騙されて、それがないとボク、ちょっと困ることになるんです。なんとか取り返してきてくれませんか」

そう頼まれた時、勢事は心底、あきれた。またか。そんなこと、自分で始末しろ。あんたは子どもか。様々な言葉が頭の中で渦巻くが、しかし、この人に倒れられては、勢事としても金づるを失うことになる。ある意味での運命共同体なのだ。

「先生、わかりました。なんとかしましょう」

船越は「信じられるのは岡倉さんだけ」などと言いながら、握った勢事の手を大袈裟に振るのだった。

勢事はまず県警に勤める知人に電話をしてみた。

「俺が経営を見ている病院の院長が騙されたんやけど、どうにかならんかな」

「それ、自己責任でしょう」

「でも、相手は暴力団やろ」

「それは調べてみないとなんとも言えないけど、民事だからそもそも動けない。なんにしても、欲を出したその人が悪いよ。岡ちゃんの親分なら、岡ちゃんが始末をつけるしかないんじゃないの」

その通りだと思った。悪と悪との戦いだ。だったら、自分が出ていくしかない。船越がやりとりをしたという人物のもとに、勢事は単身で向かうことにした。

ベンツのカーステレオで、勢事は山下達郎の『SPARKLE』を掛ける。軽快なギターのカッティングを聴いていると、重い気分が少しはやわらぐのだった。「そう言えばこの曲に、ずいぶん救われてきたな」と、勢事は一人、声に出してつぶやいた。

旧炭鉱町の県道沿いにあるその〝会社〟はプレハブの簡易な平家で、ドアを開けると荒れた茶髪の、病的に痩せた女性事務員が出てきて、勢事を安っぽいパーテーションで区切られた応接コーナーのソファに案内した。若づくりが痛々しい。細く黒く溶けた歯から、勢事は彼女の過去を想像した。

事務員が〝会長〟と呼んだ男がやってきたときは、約束の時間を一時間以上も過ぎていた。六十代の中頃だろう。見事に白髪になった豊かな髪をオールバックにしている。やはり白い毛が混じる眉毛の太さが意志の強さを表し、眼光は暴力の世界に生きてきた人間特有の鈍い光を発していた。

「あんた、いい根性しとるな、一人で来るとは」

「犀の角のようにただ独り歩め」

「なんだ、そりゃ?」

「ブッダの言葉です。犀は群れをつくらない」

会長は気勢をそがれたようだった。

「おわかりだと思いますが、船越さんの金を返してもらいにきました」

「あんたの親分が悪いんやろ。そう思わんか」

「それは、その通りだと思います」

「まあ、悪いのは親分やから、あんたに言っても仕方ないんやけどな。そんなことやから、もう帰ったらいい」

「いや、帰れません。私は取られたものを取り返すためにここに来ていますから。会長には申し訳ないけど、私も覚悟を決めています。帰りませんよ」

勢事は無表情で、堂々と座って、動かない。沈黙を恐れず、視線を固定する。

「あんた、脅しはきかん人やな」

「こういったことは初めてじゃないんでね。私なりにいろいろと経験してきました」

「ふん、それくらいのことは、あんたの目を見りゃわかる」

勢事が落ち着いていられるのは、一つの持論に支えられていたからでもある。これまで有力な財界人や学者、宗教家に会ってきたし、裏社会に生きる人間を観察する機会も少なくなかった。そうした中で、勢事は「この世の中、そんなに『すごい人物』など存在しない」と思うようになった。「山より大きな猪は出ない」というのは真実。ほとんどの人は口だけなのだ。

だから「どんなにすごい人物だ」と紹介を受けても、動じないし、こうして出会い頭に会う人間の脅しや、自分を大きく見せようとする言動に振り回されることはない。少しでも心が動いたら、目の前の男が女の股の間で必死に腰を振っている姿と、その時の表情を想像する。「ほうら、この人だって、俺と同じただの男じゃないか」と、そう思えれば平静が保てた。会長に対しては、そんな想像の必要さえなかったが……。

「ちょっと話を聞いていただきたいんですが」

「いやわしのほうには話すことはないし、金は払わんよ。わし、今から仕事があるから、まだ話があるなら、ここで待っとればいい。いくらでもいていいが、答えは変わらんからな。じゃあ、わし、行ってくるわ」

会長が戻ってきたのは四時間後だった。勢事は同じ姿勢で座っている。

「やっぱりまだおったか。あんた、ほんとに帰るつもりがないんやな。まあ、いい。俺はもう家に帰るから」

勢事は翌朝、再び事務所に乗り込んだ。昨日の女性事務員がにやりと笑う。歯の隙間が黒くて、それがいやに目についた。会長の出社は十一時過ぎだった。勢事を見るなり、大きなため息をつく。

「あんたの親分が悪いんやろうが……。馬鹿な欲を出すから、騙されるんや」

「船越にも責任があるのは事実です。でも、会長たちが騙したのも事実でしょう。船越も悪いが、会長たちも悪い」

「喧嘩両成敗っち、言いたいんか」

「まあ、そういうことです。昨日と今日ここまでの対話で会長は柔軟な方だとお見受けしました。船越はこの金がないと、詰んでしまいます。あの男が死にでもしたら、会長、もう二度と搾り取ることはできなくなりますよ。逆に言えば、あれは馬鹿だから、儲け話を持ちかければ、何度でも騙せます。今回、全額とは言いませんので、どうかご配慮を」

「タマを取るぞと言ってもビビらんあんたみたいなのが、一番、タチが悪い。そして、しつこい。手ぶらじゃ帰らんと肚に決めとる。ああ、わかった。半分やるから持ってけ」

会長は事務所の奥の金庫を開け、そこから千二百万円を取り出して無造作にテーブルに置いた。

「この件はこれで手打ちや。それで……あんた、なんかうまい話があったら、持ってこい。お互い、情報交換しようや」

「ありがとうございます。恩に着ます」

勢事は帰りの車の中で、二百万円を自分の内ポケットに入れた。成し遂げた仕事に比べれば安いギャラだ。一カ月の飲み代にも満たないのだから。そう思うと、船越の脇の甘さに、無性に腹が立ってきた。

しかし、まだ船越には「うまみ」が残っていた。捨てるのは絞って、絞って、絞り切ってからでも遅くはない。

勢事はハンドルを握りながら、そのシナリオを、独り思い描くのだった。

*

「岡倉さん、徳山ホスピタル、あなたに差し上げます」

下関の鮨屋で、船越はうれしそうにそう言った。どこまで尊大な男なんだと、勢事は鼻白む思いがした。

「いやあ、私には無理ですよ」

「無理だなんて、そんなことはない。だって、竹島くん、がんばってるじゃないですか。経営もずいぶんよくなってきているし」

徳山ホスピタルには累積の赤字が少なくとも三億円はあったし、竹島の的確な対策によって状態は改善しつつあったが、いまだ単月黒字には達していなかった。しかも、施設は経年劣化が激しく、老朽化している。経営改革をドラスティックに進めたため、スタッフからの抵抗もあった。このまま経営が波に乗るかは五分五分、いやもっと確率は低いというのが勢事の冷静な読みだった。

一方で、いっそ自分たちの経営にして、真剣に再生を実現してみたいという思いもあった。ダメならば絞り尽くした後に捨てればいい。そんな打算もある。

「船越さんはどうするんですか」

「ボクは下関の病院だけに専念するつもりです」

要は赤字部門を勢事もろとも切り離したいわけだ。その魂胆は見え見えだったが、だったらこの構図に乗ってみようじゃないか、と勢事は決心した。

「ちょっと失礼」

勢事はトイレに行くのを装って、竹島に電話をかけ、船越からの提案を伝えた。

「どう思う。再生はできるか」

「うーん、やれるとは思いますが、簡単ではありませんよ」

この回答に、勢事は竹島への信用を深めた。

簡単に「できる、できる」という人間は信用できない。むしろ、できないことは、はっきりと「できない」と答えるべきだ。逆に言えば「できる」と預かった事案には、必ず何らかの結果を出してくれる人物だけが信用に足る。

口ではなんとでも言える。言っていることと、やっていることが呼応している人、つまり言行一致している人は、ほんのわずかしかいない。本当は「不言実行」が当たり前。もちろん、「有言実行」ならば、まだいい。それですら、できる人は限られているのが実情であり、竹島はその希少な人材の一人だった。

「今の改革を推し進めれば、光明はあります。ただ、それにともなって人はずいぶん入れ替わるでしょう。ついてくることができない人間は、私が切ります」

勢事は「よくわかった。ありがとう」と言って電話を切り、席に戻るときにはすでに思いを固めていた。

「船越さん、このお話、ありがたくお受けします。徳山ホスピタルは私と竹島で必ず立て直します」

二人は腹の中の真意を互いに隠しながら、満面の笑みで握手を交わすのだった。

ようやく動き出した勢事のビジネスは、しかし船出からつまずいた。院長の赤星が辞めると言い出したのだ。

「岡倉さんたちのやり方は急進的過ぎます」

「しかし、実際、赤字経営なんだから、抜本的な改革は不可欠でしょう」

「改革の必要性は理解しています。でも、竹島さんは話を聞こうともせず、頭ごなしに否定、否定、否定。こっちにも言い分があるんだ」

「じゃあ、これからは赤星院長の方針も取り入れていきますので……」

赤星はフンと鼻で笑った。

「岡倉さんに私を重用する気がないことくらい、よくわかっています。それにね、これは復讐でもあるんです」

「復讐？」

「あなたと竹島さん、この病院を食い物にしようとしているだけでしょう」

「何を言う。こんな赤字病院を引き取って、再生に乗り出しているのに」

「そうかもしれない。でも、それも所詮、自分たちがうまい汁を吸いたいからでしょう。スタッフのことなんて、ちっとも考えてやしない」

物事を分析する目は持っているのだなと、勢事は妙なところで感心していた。

「看護師たちも辞めますよ。私と一緒に別の病院に移ります。さあ、どうです。それでも経営が続けられますか」

「赤星先生、わかりました。ご心配、ありがとうございます。この先、どうなっていくのか。その目でしっかりと見届けてください」

勢事は先に立ち上がり、「早く出て行け」とでも言うように、ドアのほうへ右手を差し出した。

「どんな顛末になるのか。楽しみにしていますよ。それでは」

赤星は不敵な笑いを浮かべて、部屋を出て行った。なかなか肚の据わった男だ。手放すのは惜しかったかもしれない。そう考えた次の瞬間、勢事は赤星の存在を忘れていた。そもそも赤星の背反など、勢事にとっては想定の範囲内の出来事だった。人間関係、とくに上司と部下の関係は、基本、面従腹背だと考えているからだ。

人間にはあまり期待しすぎない、というのが勢事の信条である。人は性悪説で見るべきであって、その基本は自己保身と我欲だ。赤星も自己都合という人間の原理原則で行動しただけであり、そこを責めても仕方がない。

人間は我が道を歩いて当たり前なのに、とくにリーダーは相手に期待し過ぎてしまうから裏切られたと感じるのだ。リーダーのために生きる他人などいない。誰もが自分のために生きる。それが勢事にとってのリアルだ。「機会を与え、教えてあげたのに」と地団駄踏むほうが「逆恨みの間抜け」なのである。メロスは来ない。それが人間なのだ。

人間不信と性悪説を、人間の見方、分析の基本としている勢事にとって、赤星の行動を恨む理由はない。穴を埋めるのに手数は掛かるが、それは経営改革の結果でもあり、致し方ないことだ。

それに、勢事には「これくらいのピンチならば、必ず切り抜けられる」という確信があったし、そのためのコツを知っていた。コツとは、厳しい状況を他人事として客観的に洞察し、なぜそうなったのかを考え、手を打つことだ。

今のままではダメなのだから、洞察と行動を繰り返し、行動する。このとき、やけくそに当たり散らすことだけは絶対に避けなければならない。逆境だからこそ、柔らかく、にこにこしていることが大切だ。

以前、ヤクザの親分に教えられたことがある。

「岡ちゃん、人間はね、『明るく、真面目に、一所懸命にやる』こと。これだけでいい。やっていることが善いことか、悪いことかは関係ない、とにかく明るく、真面目に、一所懸命にやると結果が出る」

けだし名言と感心した。善悪の違いは、価値観や都合に左右されるのでアテになららない。そんな曖昧な基準よりも、人の姿勢が物事の可否に影響するというわけだ。明るく、真面目に、一所懸命にやる。中でも勢事が最も大切にしているのが「明るく」という部分である。塞ぎ込んだら終わり。八方塞がりと思われても、明るささえ失わなければ、必ず潜り抜けることができるものだ。

たとえ誰もが見捨てる状況になっても、自分だけは自分を見捨てないこと。腐ってはいけない。自分を助けてくれるのは、自分だけ。これは勢事が辿り着いた、ひとつの真理だった。

もう一つ、ピンチに陥った時、「このケースは、時間が味方なのか、場所が味方なのか、特定の人が味方なのか」と考えるのも、勢事が自ら身につけた処世術だった。何が味方で、何が敵なのかを整理しながら少しずつ進むと、必ず小さな光が見出せるものである。

じゃあ、今回のケースは何が味方なのか。勢事の頭の中には、ある人物の顔が浮かんでいた。彼は大病院の院長だ。

勢事は付き合いのある人を「友人」「知り合い」「ギャラリー」に三分類して考えていた。さらに「友人」は「切っても切れない友人」と「好きな友人」に分ける。切っても切れない友人とは利害関係が共通していて、一緒に闘っている友人であり、最も大切にすべき相手だ。別格だから、必然的に少人数になる。

知り合いは読んで字のごとく「薄いが、付き合いのある人」で、ギャラリーは「その他大勢」だ。このギャラリーは付和雷同するネズミであり、世の中を構成している人間の大半を占める。彼らは自分の人生を生きる人の「餌」だ。つまりその人たちに食われるしかない。つまり、知人やギャラリーは勢事にとって、どうでもいい人間か、餌かのどちらかだった。

この世を生き抜くための盤石な力を持つためには、人、物、金の三種の神器が必要だ。中でも、何をおいても「人」が大切。ここで言う人とは「信頼できる有力な友人」のことだ。知り合いでもギャラリーでもなく、有力な親しい友人しかない。

人生を組み立てる上で最も重要なのは、この有力な友人たちで形成された、互いに協力できる仲間たちである。だからこそ、親しい友人は特別扱いするべきだ。極端に言えば、利害関係が一致する友人、仲間だけを大切にすればいい。これは渡世を生き残る重要なテーマである。依怙贔屓と言われるくらいに大事にする。単に甘やかすわけではない。運命共同体として、徹底的に守るということだ。

勢事にとって院長はそうした数少ない有力な友人の一人だったたし、だから大切に遇してきた。院長に電話をかけ事情を話すと、すぐに医師を手配してくれることになった。

「岡倉さん、とりあえず十三人の若手を入れ替わり立ち替わりそっちに送るから。ただね、これは急場しのぎに過ぎないからね。徳山ホスピタルを立て直すには、エースが必要。ピカピカしたエースがね」

それは極めて正確な洞察だった。勢事もそう考えていたたし、実際に動いてもいた。ただ、そのカードをこの場面で使うべきかどうかの判断がつかなかったのだ。

＊

高岡は誰がどこからどう見ても、「いい男」だった。福岡の大学の医学部を卒業し、専門はがん治療。すでに二十年以上のキャリアを積み上げていた。

芸能人に引けを取らない美丈夫で、そのキラキラとしたオーラは、女性だけでなく、男たちをも魅了した。若い頃は俳優を志したというのも納得がいく。しかし、両親からの「医者になってほしい」という願いを叶えると決心した高岡は、不屈の努力で医学部に現役合格して医師の地位を得たのである。

勢事は人を見極めるポイントを、その人の「これまで」の運と縁と経験だと考えていた。その人の今までの人生を知れば、その人のこれからがわかる。いくら未来を語ろうが、だから無視することにしていた。なかでも、とにかく大事なことは、その人のこれまでの人生における「運の傾向」である。

最もダメな運は極まってしまう人、すなわちドツボまで落ちてしまうタイプだ。さらに極まってからも転じようとしない人は、周りも悪運に引きずり込んでしまう。そうした人だけはなんとしてでも避けなければ、こちらの人生までダメにされかねない。この運という面では、高岡は間違いなく「強運」を持った人間だった。

それは高岡の「これまで」を見れば簡単にわかることだった。ある年代から急に成長する人は確かにいる。しかし、伸びていく人物は、若い頃から何らかのアクションを起こしているし、それに伴うトラウマやコンプレックスなどの闇と闘っている。

創業者やトップリーダーになる人に多いのがド貧乏で育ったか、コンプレックスまみれの出自を持った人間だ。足りない環境だからこそ、汗をかいて、知恵を使わなければならず、その過程が人を鍛える。覚醒や覚悟が起こる。

逆に物事が足りている幸せな環境に育った人物は、目が覚めず希望や幸福を希求する覚悟ができない。幸せな人は、いつもどこか眠っている。目が覚めてないから気づきもなく、幸せそうにボーっと一生を送る。やはり人間は、気づいて覚醒し、覚悟して希求する人生が劇画のようでおもしろいのだ。

高岡はコンプレックスと対峙しながら、自分自身で運を掴んできた人間だった。逆に言えば、明るいだけでは、いざという時に腰が折れて使えない。高岡はそんな「やわなヒーロー」ではなかった。

暗い面を内包しながら、光の領域に這い上がり、自らが輝くことで、普通の人間には自らの心の闇を気づかせない。ある意味で、ダークヒーローの側面を持っていた。だから勢事は高岡を「創業者としてのひとつの資質を保有している」と評価していた。

さらに言えば、リーダーとなるパートナーを選ぶならば、勝ち癖とまでは言わないが、少なくとも勝った経験のあるリーダーでなければならない。その意味で、高岡は「勝ってきたリーダー」だし、「これからも勝てるリーダー」だった。

もうひとつ、勢事が人を評価するときに大事にしてきたのが「瞳」だった。卑屈、卑怯、臆病は、必ず瞳に出る。こういう輩は初めから近づけないことが肝要だ。

また、いつも目が笑っているのは、頭の足りない証拠である。締まった男の目は笑わない。いつも目が笑っているような人物は、借金を無心してもいい、頼み事をして返さなくてもいい、すなわちどうでもいい、都合の良い人なので、これもやはり付き合ってはならない。

期待が持てるのは、斜め下から切り込むような視線を投げてくる男だ。高岡はそのタイプである。ただ、その瞳が単にギラついているだけならば、自分のことしか考えない要注意人物である可能性が高い。勢事にとって高岡に対する唯一と言っていい懸念はその点だった。もし、主導権を握られれば、勢事のほうが排除されるかもしれない。高岡はそれくらいの強さと自負と傲慢さを持っていた。それらは勢事が求めるリーダーには不可欠な要素であるとともに、寝首を掻かれるリスクでもあった。

この高岡を『徳山ホスピタル』の院長に据えれば、再生の可能性はぐんと高まるだろう。でも、これだけの玉を使うに値する病院なのだろうか。勢事は否定的だった。ピカピカの高岡には、ピカピカの病院を与えたい。勢事の見立てでは、徳山ホスピタルは、高岡にまったく見合わなかった。

しかも徳山ホスピタルは、すでに崖っぷちまで来ていた。

「岡倉さん、すべてのキャッシュをかき集めても、もう三百万円も残っていません」

竹島から報告を受けたとき、勢事は「これで終わりだ」と覚悟した。八十床の病院である。そんな少額で回るわけがない。

「竹島、今夜、俺に付き合えるか」

「ええ、もちろんです」

「高岡先生を呼んで、一緒に飯でも食おう」

三人は勢事の行きつけの、こぢんまりとした居酒屋にいた。競争の激しい福岡で客足が絶えない理由は、看板メニューのおでんの味と、東京の人間が目を丸くするほどの安さだ。普段、人脈作りのために高級店で食事をすることの多い勢事は、気の置けない仲間とはむしろ、庶民的な店で杯を交わすことにしていた。

「高岡先生、俺はもう、徳山ホスピタルを捨てようと思っている」

「そうですか。残念だけど、仕方がない。まあ、さすがにボロボロですもんね。正直、俺自身、あれはやりたくない」

高岡は端正な顔立ちを歪めて笑いながら、そう答えた。

「実はね、もうキャッシュがない。俺は竹島だけを抱えて、いったんどこかに逃げて、また別の病院を食い物にするよ」

勢事がそう言った瞬間、竹島がどんとテーブルを叩いた。

「捨てる？　そうなったら私が入れた職員はどうなるんですか」

竹島は泣いていた。

「おまえ、どうした？」

「医者も看護師も、事務スタッフも、今はほとんどが、私が採用した人たちです。彼らの生活はどうなるんですか。私は彼らに理想を語ってきました。私の言葉に賛同して、ともに改革を進めてきたんです。ここまで来て、それを嘘にはできません」

いい歳をして泣くな、と思った。船越の金で何度もハワイで豪遊したくせに、いきなり善人顔をするな、とも考えた。しかし、竹島の涙に、胸を打たれている自分がいることも、勢事は認めざるを得なかった。

「竹島、わかったから、まあ、落ち着け」

次の企みの相談をするつもりだった勢事は、すっかり勢いを失ってしまった。三日後、同じ店に、同じメンバーで集まることを約束して、その日は早々にお開きとなった。

「私はやっぱり納得いきません。岡倉さん、捨てるなんて言わないでください」

竹島は次の会合でも、そう熱く語りながら涙を流した。勢事と高岡は目を合わせた後、互いに困惑の表情で竹島を見つめる。

「高岡先生、どうする？」

「うーん、そうですね……」

高岡には迷うだけの事情があった。医者としての技術には、もちろん自信があったが、他の医者と違うのは、その営業力にあると自負していた。実際、北九州の大病院で乳腺外科の部長に就任すると、たった一人で周辺の病院を開拓し、ほどなくして目標以上の拡大を実現した。

高岡はその実績をもって、理事長に対して副院長のポストを要求したのだが、交渉にさえならずに一蹴されたのだった。この処遇を、高岡のプライドは許さなかった。居酒屋での二度目の三人の会合の日は、高岡が勤め先の理事長に辞表を叩きつけて、飛び出したばかりのときだったのだ。

もちろん、勢事はそのことを知っていた。高岡のようなプライドの高い人間に、たとえば三顧の礼で臨もうものならば、その時点で高岡が優位の関係性が出来上がってしまう。これを後で是正するのは、不可能に近い。

だから高岡には自分のほうから「やらせてくれ」と言わせる必要があった。いずれパートナーとして迎えたいと考えていた勢事にとって、高岡自身から仲間に加わりたいと言わせることが、これまで大きなハードルになっていたのだ。

竹島が泣いている。高岡が同情している。これは千載一遇のチャンスかもしれない。勢事の直感が働いた。

「高岡先生、ご覧の通り、竹島は本気です。先生、あらためて聞くけど、どうする?」

「わかった。徳山、俺が行くわ」

高岡はテーブルを一気に明るくするような笑顔でそう言った。勢事は心の中で「来たな」とほくそ笑んだ。病院は潰れかかっているのだから、決していい状況だとは言えない。しかし、高岡が参画するならば、彼は一騎当千である。組織はリーダー次第。この男がいれば、必ず再生できる。そう確信した。

「なあ、俺が行くから。竹島、もう泣くな。一緒に頑張ろう」

高岡が竹島の肩を叩きながら声を掛ける。竹島は嗚咽しながら、何度もうなずいた。勢事はそのシーンを微笑んで眺めながら、熱燗の杯をぐいとあけた。

*

高岡を仲間に取り込めたのは、勢事にとって極めて明るい要素だったが、キャッシュの問題はまったく解決していなかった。

高岡は慢性期医療が中心の徳山ホスピタルを、急性期中心に改革していくに違いない。現在の病院はいわば老人のための病院で、重たい病を持つ高齢者を入院させ、その最期まで看取るやり方を経営の柱としていた。高岡はこれを「治す病院」「退院させる病院」へと転換すると宣言していた。

これは国の方針にも沿った、勢事も納得する計画であった。むしろ病院を生き返らせるには、その道しか残されていなかった。ただし、改革を進める過程では、一時的に入院患者が減り、そのぶんは新規の来院者の増加によって補っていかなければならない。退院させる動きが先になるため、それがバランスするまでにタイムラグができるのは避けられず、支えるためのキャッシュがどうしても必要だった。

しかし、徳山ホスピタルは明日の運営費にも困っているのが実情である。とにかくキャッシュが必要で、その算段は他でもない、勢事の仕事であった。

もちろん金のことはずっと考えてきたことだ。金融機関からの調達は八方に掛け合ったが完全に無理。このボロ病院の未来に金を出す有力者も思いつかない。一点だけ、前と違うのは高岡がいることだ。ピカピカのエースを使って、何かしら絵が描けないか。

「行ける！」

コンフィデンシャルパークの田邊の顔が浮かんだ瞬間、勢事の体に電流が走った。駐車場経営で株式公開した敏腕経営者で、勢事とは旧知の仲であり、かつホテルのスパの会員として月に何度か顔を合わせては、近況を語り合う仲であった。

「田邊を型に嵌めよう」

勢事の頭の中には、入口から出口まで、一気にストーリーが構築された。

田邊がスパに来る曜日と時間はわかっていたので、そこに合わせて訪れ、偶然を装って挨拶を交わす。シャワーを浴び、湯船でリラックスしている田邊に、勢事は自然に近づいた。

「よう、ナベちゃん、最近はどう？」

「いやあ、相変わらずよ」

すでに友人のように話せる関係性ではあった。

「岡ちゃんのほうは？」

「それがね、ほら、山口の徳山の病院、あっちが大変で」

「どう大変なの」

「キャッシュが回んなくてね」

「ほう」

その瞬間、田邊の目の色が変わったのを、勢事は見逃さなかった。

勢事が田邊をロックオンしたのには理由がある。彼は高校を卒業した後、検査会社でクリニックまわりをしていた経歴がある。医者を相手に惨めな経験をしたことは、容易に想像がついた。いまや上場企業の社長だとは言っても、古傷は当然ながら疼く。疼き続ける。

田邊はきっと、自分の権力で医者をコントロールしたいはずだ。無意識かもしれないが、人間ならば誰もが「意趣返し」の欲望がある。「病院が手に入るかもしれない」

という話は、つまり「医者を自分の配下に置ける」ということであり、それは田邊にとって、たまらなくうまそうな果実なのである。

そんな考えはおくびにも出さず、勢事は淡々と続ける。

「一方でね、最高の医者をスカウトできた。とんでもない才能がある男だから、再生の成功は間違いないんだけど、資金繰りとの兼ね合いで、改革が間に合うかどうか、それで悩んでいる」

「そんなことなら、岡ちゃん、俺が協力できるかもしれんよ」

ほうら、釣れたと勢事は快哉の声をあげたかった。はやる気持ちを抑えながら「じゃあ、来週でも時間とってくれる?」と、できるだけ冷静な声で尋ねた。田邊はうれしそうにうなずいた。

翌週、高岡を伴って勢事はコンフィデンシャルパークの社長室を訪れた。さすが上場企業だけあって、立派な造りである。深々と沈みながらも、しっかりとした弾力に押し返されてバランスする見事なソファに座り、勢事は供された深煎りのコーヒーをゆっくりと味わってから口を開いた。

「ナベちゃん、まずは高岡の話を聞いてくれる？」

高岡が身を乗り出し、まずは自分の経歴を語った。多くの光をたたえた瞳を見ていると、勢事さえ、その魅力に取り込まれそうになる。田邊を見ると、まるで好々爺のように笑顔でうなずいている。

立て板に水の自己紹介を終えると、高岡はタブレットのプレゼンソフトを開き、病院の改革の方針を淀みなく語った。数字が出てくると、田邊は瞬時に経営者の顔に戻る。的確な質問が飛び、高岡はそれらを確実にキャッチして、説明を補足していった。

勢事は胸の中で「これで第一段階は突破したな」と思った。

「ナベちゃん、どうよ？」

「いやあ、高岡先生はいいね。うん、間違いなく再生できるよ」

「ああ、そう思う？ ナベちゃんが太鼓判を押してくれるなら、いやあ、これは心強い」

高岡が「ありがとうございます」と、日本晴れのような笑顔で小さく頭を下げる。

「ナベちゃん、徳山ホスピタルに投資してもらえる？」

投資という言葉をあえて使ったのは、いずれ病院は田邊のグループに入るという意思をにおわせるためだ。

以前、勢事は田邊からコンフィデンシャルパークの子会社で、医療機器を扱うコンフィデンシャルメディカルの社長になってくれと言われたことがあった。

「何で俺がナベちゃんの下で社長になるんだよ。俺なんか入れたら、あんたひっくり返されるよ」

「いや、岡ちゃんはそんな人間じゃない」

「そんな人間なんだって。俺は悪い人間。あんたはいい人間。悪いことは言わんから、俺のようなのを仲間にしないほうがいい」

まったくの本心だったが、田邊は勢事の言葉を、謙遜と取っただろうし、体よく断るための方便と捉えただろう。

だから田邊の気持ちは今、高揚しているはずだ。自分の下につけたくても拒絶してきた男が、ピンチに陥って自らこちらの軍門に降ると言ってきた。この好機を逃してはならない。そんな心理が働いているに違いないと、勢事は冷静に読んでいる。

田邊は謙虚な人間だが、成功者となった自分に「誰もがひれ伏すはずだ」という奢りが、どこかにあるはずだ。勢事が頭を下げて相談してきたことで、その意識は強化される。無論、この強化の過程は快感を伴い、やはり高揚につながる。交渉ごとでは、その高揚感、つまり「喜び」が命取りとなるのだ。

禍福は糾える縄の如し。喜びからスタートする事案には、必ず罠がある。ぬか喜びは禁物。いちいち喜ばないこと、感情の起伏をなくすことが大切だ。

だから交渉においては「喜ばない。悲しまない。怒らない。楽しまない」を心がけなくてはいけない。平常心こそが負けないコツなのである。

とくに自分が喜ぶような事柄が、他者によってもたらされる時は注意が必要である。相手から仕掛けられている可能性が高いからだ。

逆に言えば、仕掛ける側に回るときは、相手を喜ばせ、ゆるめることが肝要だ。感情を動かすことでコントロールする。つまり手玉に取るのである。

もちろん、田邊ほどの人物を嵌めることは簡単ではないが、勢事は田邊の「医者へのコンプレックス」と「勢事に対する支配欲」に賭けた。そこに若干のゆるみが生じるはずである。隙間があけば、くさびをねじ込むことで、重い扉が開く可能性は高くなる。

勢事の投資の依頼を受けて、田邊は目を閉じ、ソファに背中を預け、思考を巡らしているようだった。場の緊張が高まる。高岡が唾を飲む音が聞こえた。

「岡ちゃん、俺が今すぐに自由にできる金は二億五千万。それで足りる？」

「ああ、それはありがたい。すぐに借用書を……」

「いや、借用書なんかいらんよ。あんたと俺の仲じゃないか」

勢事と高岡は深く礼をして社長室を後にした。勢事のベンツの助手席に乗り込んだ高岡は、ニヤリと笑いながら、「岡倉さん、俺を売りましたね」と言った。

「まあ、高岡先生をネタに金を引っ張り出したのは、事実だね」

「俺には『どうぞどうぞ、あなたにこの男を差し上げますから』って言ってるように聞こえましたよ」

「ああ、確かに。俺の言葉を翻訳すればそうなるね。その意味では売ったと言えるかもしれんけど、でも、ナベちゃんはいつまでたっても、買ったつもりの商品を手に入れることはできんからね。本質的には何一つ、売ってない」

「いや、岡倉さん、よくこんなこと思いつくし、実行できますね」

「だって、これがなかったら徳山ホスピタルはおじゃんだろう。背に腹は代えられんよ」

田邊はいい男である。しかし、自らのコンプレックスに気づかず、不用意に話に乗ってしまったのは、彼の責任だと勢事はそう思うから、罪悪感はない。田邊は金持ちだが、「駐車場屋では終わりたくない」という気持ちがある。病院経営者に「成り上がり」たいのだ。そんな田邊の欲望こそが勢事にとっての「勝ち目」であり、勢事の食い物であるところの金を引き出すために押すべきボタンであった。

高岡という餌に、田邊がまんまとかかったことは我ながら見事な仕掛けだったと勢事は満足していた。洞察し、仕掛けをセットアップし、コマセを打ち、予定通り大物を釣り上げたのだ。ただ、さして喜びはなかった。絵を描いた時点で結果は見えていたから、「こうなるのは当たり前」という感じだった。

それよりも思考は、高岡と竹島を中心とした病院の再生計画に向いていた。手に入れた金はしっかりと増やして、田邊に返す。それは勢事の矜持であり、命を賭けても実現しなければならないことだ。しかし、田邊に病院経営のハンドルを握らせることなど、1%の可能性さえ考えていなかった。

*

さゆみとは八年になろうとしていた。

相変わらず、気性も、悋気も激しく、ぶつかり合うことも多かったが、しかし、関係が切れることはなかった。

何度も大喧嘩をした。やはり激しくなるのは、さゆみの嫉妬が爆発した時で、しかし、それはしばしば、根も葉もない単なるさゆみの勘違いだった。勢事は理屈で説明しようとするのだが、逆上したさゆみは止められない。

「なめんな、きさま！」

最後はいつもの名台詞だ。

もちろん、勢事もじっと黙っているばかりではない。怒りをあらわにするときの、その激しさはさゆみのほうもよく知っている。電話で口論していたときのことだ。

「これだけ話してもわからんのか！」

その日は、勢事もかなりヒートアップしていた。

「わかるわけが、なかろうが。あんたが女をつくるのが悪いんやろ」

「だから、違うって言いよろうが。よし、今すぐ行くけん、おまえ、そこにおれよ」

勢事が車を飛ばしてさゆみのマンションに到着すると、すでにさゆみは愛犬を連れて、どこかに逃げていた。勢事の口調から、ただならぬ気配を読み取ったのだろう。もぬけのカラの部屋に一人で立つと、何もかもが馬鹿らしくなり、勢事は思わず声をあげて笑ってしまった。そして、その瞬間、さっきまでの怒りはどこかに吹き飛び、さゆみの体を強く抱きしめたくなるのであった。

我ながら、おかしな関係だと、勢事は思っていた。支配されることが、こんなに嫌なのに、さゆみの嫉妬心を受け入れ、事実、他の女との付き合いもずっと絶っている。さゆみよりも若くてきれいな女を手に入れる術は心得ている。しかし、なぜか、その気になれないのだ。

「岡ちゃん、私、ポップコーン屋さんがしたいの」

そう言われたら、「やめろ」とは言えない。百貨店の地下に店を出すときも、さらにもう一店舗を出店する際も、必要な金はすべて勢事が用意した。

勢事にしてみれば、ままごとのような仕事ではあったが、さゆみは働くこと自体が楽しいようだった。人を振り向かせるに十分な愛嬌と元気で、さゆみが店に立てば不思議と客が集まり、投資を回収するまでには至らないが、店はそこそこの業績をあげるようになっていった。

そんな時のことだ。さゆみの胸に乳がんが見つかった。病院には縁遠い女だったが、胸にしこりがあるのを妙に思い、検査を受けてみたのだと言う。

「でもね、岡ちゃん、私は大丈夫。こんなのに負けないからね。絶対に治してやるんだから」

さゆみは気丈に笑ったが、医者から病状を聞いた勢事は、転移の状態から、もはや助からないことを悟った。さゆみの言う奇跡を信じてあげられない、医学の知識を持った自分を恨んだ。

ただ、さゆみの望みは、なんでも叶えた。別の医師の診断が欲しいと言われるたびに、知り合いの医者に頼んで連れて行った。さゆみが「ガンが治る健康食品がある」と言えば、言われるままに買い与えたし、さゆみが熱中する自然医学が眉唾物だとわかっていても、そのことは告げずにクリニックへの送り迎えの運転手役さえ務めた。

しかし、病魔は着実にさゆみの体を蝕んでいく。別れの時が来たのは、さゆみが闘病に入ってから、ちょうど二年が経った頃だった。

その日、勢事は仕事を途中で抜けて、さゆみが入院している病院に立ち寄った。この数カ月は食がかなり細くなり、さゆみの体重は激減していた。

「ねえ、岡ちゃん、足が痛い。お願い」

勢事は肉の張りを失ったさゆみの膝を、静かにさすった。さゆみは目を閉じて、じっと黙っている。勢事が「眠ったのかな」と思ったその時だった。

「ねえ、気分が悪いから、看護師さん呼んで」

さゆみがか細いながらも、緊迫した口調でそう言った。

「おい、さゆみ大丈夫か。さゆみ、さゆみ」

さゆみは低く呻くと、目を見開いた。勢事は慌ててさゆみの体を抱きかかえた。拍子抜けするくらいに軽かった。あごを持って、なんとか視線を合わせようとする。

「さゆみ、俺が見えてるか」

そのときだ。眼球が右に左に、まるで機械仕掛けのように動いた。瞬間、勢事は「ああ、脳幹をやられた。これで終わった」と思った。

看護師が来たときには、もうできる処置はなかった。

「さゆみ、なにも俺と二人きりのときに、逝かんでもいいやろう」

さゆみの死は覚悟していたが、まさか自分が、このような形で看取ることになるとは思ってもみなかった。さゆみは勢事の腕の中で死んだ。自らの人生を勢事に刻印するように。あるいはもはや自分はこの世に存在してないという事実を、勢事に体感させるかのように。

このとき勢事は、自分自身のある部分が、大きく損なわれたことを悟った。それはまるで、体の一部、たとえば片足を失うような、取り返しのつかない、不可逆的な損失だった。

「私が死んだらね、岡ちゃん。次の女の人は苦労すると思う」

「なんで？」

「だって私、強烈だから」

　さゆみの声が蘇る。ああ、確かにその通りだ。ただ、苦労しているのは次の女じゃなくて、強烈なおまえを忘れられない俺自身だ。勢事は自分の中に残っていた未練という感情に困惑していた。

　可能な限り、人に頼らないように生きてきた。依存しないように気をつけてきた。ビジネスの世界ではもちろん、それは女に対しても同じで、勢事は慎重に、他者と絶妙な距離をとるように工夫してきた。人間関係の理想形を実現するために、孤独を恐れず、孤独に身を慣らし、孤独とともにいられる精神を鍛え上げてきた。そのつもりだった。

　しかし、さゆみは、勢事のつくった結界の中にいるかのごとく擬態しながら、実は軽々とそれを破っていたのである。あるいは外にあると見せかけながら、勢事の内側に絶対の棲み家をつくっていたのである。

自分がこんなに悲しむはずがない。そう頭でいくら考えても、体の反応は制御できなかった。

さゆみの死から二カ月後、一人で銀座中央通りを運転していたときのことである。カーラジオから、その前年に流行した曲が流れてきた。男性シンガーによるレゲエ調のバラードで、「アイラブユー」を連呼する凡庸な歌詞を勢事は幼稚だと笑ったが、「そこがいいのよ」とさゆみは携帯電話の着信音にしていた。

メロディーが耳に入ってきた途端、いきなり視界がぼやけたので、「いったい何が起こったのか」と勢事は混乱した。自分が泣いていることに気づかなかったのだ。とても運転を続けられる状態じゃなかった。クラクションを鳴らされながらも車を左に寄せて停めた。嗚咽するわけではない。蛇口を捻ったように、後から後から涙が流れた。

それが自然と止まるまで、何分かかったのだろうか。勢事はシートに身を預けて、にじむ銀座の街をぼんやりと眺めていた。もはや、さゆみのことさえも考えられなかった。勢事は生まれて初めて、頭が真っ白になる、という状態を経験した。それは生きるために、自らの気をまるで昆虫の触角のように張り巡らし、収集した情報を常に分析するということが習い性になっていた勢事にとって、恐怖以外の何物でもない身体感覚だった。怖いのに、それでもやはり、何も考えられなかった。

「俺はこのまま、本当にダメになってしまうのではないか」

涙が止まると、今度は大きな不安の波に心を支配された。

「岡倉、女はな、三人は必要なんだ。じゃないと、一人を失ったときのダメージが大きい。それで仕事に支障をきたすなんてことは、リーダーとしてあってはならないことだ。悪いことは言わんから、さゆみちゃんと少々揉めることはあるにしても、女は三人にしておけ」

さゆみだけとしか付き合っていないことを知った有力者から、本気で言われた助言である。「確かにあの人の言った通りだった」と思っても、今からではどうしようもなかった。

大切な人を失って気力をなくし、それに共感してくれない世の中に拗ね、自暴自棄に堕ちていく人に、これまでの勢事は共感できなかった。

しかし、今ならばわかる。こんな別れがある以上、生きること自体が、基本的にはつらいことなのだ。どうしても耐えられないならば、死ぬしかない。死なないのならば、そんな世の中を、折れず、曲がらず、腐らず、拗ねず、生きていくしかないのだ。大事なのは、とにかく負けないこと。負けてしまわないことだ。

自分の辛さをわかってくれるのは、自分だけ。人に慰めてほしいなどと思う時は、そんなくだらない自分は無視して、スルーして、やり過ごすしかない。やり過ごして、やるべきことをやるしかない。

勢事がそう悟って、〝渡世人〟としての感覚を取り戻すまでには、実に一年もの月日が必要だった。

＊

徳山ホスピタルの再生計画は順調に進んでいた。高岡はもちまえの人を引きつける能力で、周辺の病院やクリニックとの良好な関係を築いていった。プライドの高い開業医たちの懐に飛び込むのは、高岡にとってそれほど難しいことではなかった。トップの謙虚な姿勢に、地域の医師からの徳山ホスピタルへの信頼は日増しにあがっていき、患者の紹介はうなぎのぼりに増えた。

新規の患者が増えるとなると、すでに入院している患者の「退院を促せる体制づくり」が必要になる。「病んでいる人を治したい。助けたい」というのは、真っ当な医療人ならば誰もが抱く感覚だ。高岡は竹島と協力して、スタッフの医療人としての願望と誇りを思い出してもらう研修を実施し、意識を変えていった。

本気で治療にあたってくれるとなれば、地域からの評判が上がらないわけがない。

「あの病院は治してくれる」「先生も看護師さんも、自分の家族のように、一緒に考えて、接してくれる」と口コミが広がり、さらに新規患者が増える。徳山ホスピタルには理想的な好循環が生まれた。

もちろん、勢事はそれを、指を咥えて見ていたわけではない。最も恐れたのは高岡の増長だ。高岡はエースであり、スターである。しかも、容姿に恵まれ、安定した家族があり、自由になる金がある。医者という社会的な〝身分〟を持ち、ここに「瀕死の病院を再生させた経営者」という肩書きが加わるのである。天狗にならないほうがおかしい。

しかし、高岡が高慢になったとき、スタッフの一体感は薄れ、現在のプラススパイラルがいとも簡単に崩れ去ることを、勢事は知っていた。だから勢事は「友達」を限定したSNSに、高岡へのメッセージを送り続けた。体裁はつぶやきであり、独白の投稿である。しかし、高岡が見れば、それが自分に対する忠告であり、打ち込まれる釘であることははっきりとわかる、というやり方だ。

これはどうやって高岡をいじめ抜くかを、勢事なりに考え抜いた結果だった。いじめて、いじめて、いじめ抜かないと、高岡のような強者を抑えるのは難しい。抑えると言っても、なにも支配しようというのではない。勢事に刃を向けなければいいのだ。能力のある人間は、必ず支配するほうに回ろうとする。高岡も例外ではない、と勢事は見抜いていた。

「君がどういう欠落をした男なのか」

「君に人がついてこない理由はこうだ」

「君の弱点はここだ」

表現を変え、ロジックを変え、プロットを変えて、しかし同じことを毎日、毎日、投稿していく。朝の四時にはアップするから、高岡は目覚めるとともに、そのメッセージを見ることになる。もちろん無視するという選択もあるのだろうが、ビジネスパートナーが自分について書いている文章をないものとするほど、高岡は鷹揚ではない。

「岡倉さん、いい加減、あれやめてもらえませんか」

「あれってなんのこと？」

わかっていて、とぼける。

「俺、最近、不眠症で、仕事中にめまいを起こしたんです。もう、本当にやめてください」

「それ、まさに医者の不養生じゃないか。高岡先生、自己管理もリーダーに不可欠な能力だから、まあ、せいぜい節制してください」

高岡は大きなため息をついて、首を振る。

「俺ね、正直、岡倉さんが憎い。仲間だと思ってがんばってきたけど、最近は、岡倉さんこそが俺の敵じゃないかって思ってしまうんです」

勢事は心の中で「それでいい」と笑っている。これでようやく我々は対等なのだ、と。

「高岡、おまえは医者で、俺は医者じゃない。なんでこんなに重たい男を背負わなければならないんだと、そう思うだろう。でも、俺はこの医療法人の魂なんだ。魂が抜けたら、体なんてすぐにダメになってしまう。今のおまえにはわからないだろう。わからないだろうから、この戦いがあるんだ。苦しいだろうが、どうか耐えてくれ」

毎日、高岡に対する厳しい言葉を書き連ねながら、勢事は心の中で高岡の心の成長を本気で願っていた。

勢事が高岡を、ここまで追い詰めることができるのには理由があった。高岡にしてみれば、徳山ホスピタルを捨てるという選択肢はある。医師であり、また経営者としての経験を積んだ高岡は、どこであれ、生きていける。自分が育てた病院への愛着はあるだろうが、それ以上に勢事が仕掛けてくるプレッシャーのほうが重いと感じれば、放り出せばいいのである。

そのために、勢事はまず、「社員」を勢事と高岡の二人に限定した。医療法人の社員とは、一般の企業で言う取締役のような存在で、これを三人以上にしないことで、「二人の合意がなければ重要な事項は進めることができない体制」をつくったのだ。

もうひとつが公正証書である。

徳山ホスピタルの経営状態が改善し、将来が見えてきた頃のことだ。勢事は高岡をオフィスに呼び出して、公正証書に署名するように促した。

「高岡先生、俺たちは互いに、これから何があるかわからない。すぐに死ぬような病気はないけど、事故死もないわけじゃない。そんなときに、お互いの家族のために病院を役立てるという約束をしよう」

「どうやって？」

「今、病院の価値は六億円。それぞれ三億円ずつ権利を確定させる。つまり、俺に何かあったら、俺の権利を高岡先生が三億で買ってくれ。逆に先生に何かあったら、俺が三億で買う。これで家族の心配はなくなる。そうだろ？」

「なるほど」

勢事のロジックは決して嘘ではない。しかし、たとえば高岡が病院を辞めるとして、自分の持ち分は勢事にしか売れないという縛りができることになる。それは勢事も同じことなのだが、逃げるつもりのない勢事には痛くも痒くもない。逆に高岡にとっては重い枷になるし、さらに言えば、勢事が「抜ける」と言えば、すぐに三億を用意しなければならず、だから勢事を軽く扱うことができなくなる。

いくら仲間だと肩を叩き合っても、いずれ状況が変われば、憎み合うことになるのが人間関係の基本なのだ。だからこそ、互いに喉元にナイフを置くような関係が必要だし、そうしてこそ関係は長続きするものだと勢事は考えていた。

相手に銃口を向けると、自分にも照準が合わせられ、撃てば双方が血みどろになる関係性。相手との関係に傷を入れると自らも傷つく構図をいかに創りあげるかが重要なのだ。この「触らぬ神に祟りなし」というシステムこそが、「誰にも牛耳られたくない」という勢事の意志を現実的に支えるシステムなのである。そして、牛耳られたくないという思いは、そのまま「誰にも依存しない」という、一人の男としての、勢事の志でもある。

いずれにせよ、社員を二人に限定したことと公正証書、この二つの策によって、勢事は自分の医療法人に高岡を見事に緊縛したのである。その上での心理的プレッシャーであった。結果から言えば、勢事が仕掛けた心理戦を、高岡は耐え抜いた。実に四年にもわたる長期戦であった。

これまでも、これと見込んだ男には、勢事なりの〃教育〃を施そうとしてきた。しかし、誰もが心を病み、逃げ出していった。

「俺の攻撃に音をあげなかったのは、高岡が初めてだ」

高岡への賛辞をSNSにアップし、この戦いを終えると決めた日、勢事はそう呟いて、一人、祝杯をあげたのだった。それは勢事だけではなく、高岡とともに成し遂げた「二人の勝利」であった。

＊

コンフィデンシャルパークの田邊から、何度か電話がかかっていたが、勢事は意識して無視し、折り返しもしなかった。もちろんスパにも行っていない。会えば、いよいよ「今後の話」になるのは目に見えていたからだ。

「岡倉さん、田邊社長から俺のほうに何度か電話があってるんですけど、どうなっているんですか」

高岡がそうメッセージを送ってきた。

「飯にでも誘われるだろうからついていって、俺は法人をナベちゃんに渡す気はないってことを、なんとなく伝えてみてくれ。あれだけの男だ。たぶん勘づいてはいるだろうから」

指示通りに行動した高岡によると、田邊は「そうですか」と言ったきり、以後、その件には触れず、「あらためて病院が再生できた慰労会を開こう」と申し出たという。そろそろケリをつける時だと勢事は覚悟を決めた。

勢事は田邊に「慰労会ではなく、『お礼の会』を開くので、こちらから招きたい」と連絡を入れた。その前に少しだけ時間をとって、オフィスで話をさせてほしいとも告げた。

約束の当日、田邊が勢事と高岡のもとに迎えの車を寄越してくれた。勢事のオフィスの前に時間通りに到着したベントレーの運転席から、背の高い運転手が降りてきて、後部座席のドアを開く。慇懃な態度なのだが、運転手はじっと勢事を睨みつけている。勢事はその視線にこもった憎しみを感じ取っている。なるほど、この男は、俺たちが裏切ったことを知っているのだ、と読んだ。

経営者の運転手は時として、一般の社員では知り得ない情報を耳に入れることがある。大方、田邊が車内からの電話で、誰かに勢事の描いた絵について話したのだろう。それは田邊がピエロになる物語である。だからこの忠犬は怒っているのだ。

勢事はそんな運転手の心情にまったく気がつかないふりをして、にこやかに礼を言って座席に乗り込んだ。高岡もそれに続く。

「ああ、岡ちゃん、久しぶり」

社長室に入ると、田邊はいつものように柔和な表情で二人を迎えた。

「高岡先生、先日はどうも。まあ、座ってください」

一瞬の沈黙の後、勢事が先に口を開いた。

「ナベちゃん、これまでろくに報告もしないで、申し訳ない」

「いやいや、だいたいのことは、この前、高岡先生から聞いたから。それにしても、見事な再生だね。感心してるよ」

高岡が深々と頭を下げたあと、あらためて徳山ホスピタルの現状を簡単に説明した。

「つきましては、ナベちゃん、お借りしていた二億五千万円と、名目はコンサルティングフィーにしているけど、まあ、いわば利子ということで、六千万円を上乗せしています。この資金がなかったら、病院の再生はあり得なかった。本当に感謝している」

「そうか。岡ちゃんは優等生だね」

勢事はその言葉を聞いて、さすがに胸が痛んだ。田邊にとって、これは返してほしい金ではない。その金を含めた、病院全体、そして、勢事と高岡までもが、自分の裁量下に置けると考えていたはずである。いや、勢事がそう考えるように、周到に仕向けたのだ。

今、目の前に裏切った男がいる。それでも田邊は表情を変えず、むしろ自分を騙した詐欺師を褒め称えたのである。

田邊の目はいつもと変わらず冷静さを保っていたが、勢事はその奥に一種の「諦め」を見た。田邊の側に立って考えると、もし、高岡が反発しているのならば、説得の可能性を考えただろう。しかし、勢事のほうに田邊とともに事業を運営していく「心がない」ならば、何をやっても無理だ。一度、こうと決めた勢事の心を動かすことはできない。その事実を田邊は深く理解し、だから諦観したのである。

「じゃあ、岡ちゃん、もう、うちの会社から出している理事も必要ないね。次の理事会で、下ろすように決議すればいいから」

「すまない」

さらりと言ったが、これは勢事の心からの謝罪だった。もし、自分だったら、子飼いの理事を一人残しておいて、一定の影響力を維持しつつ、切り取れるだけの金は引っ張り出そうと考えたはずだ。しかし、田邊は、今この瞬間に、仕返しをするつもりがないことまでも、暗に勢事と高岡に伝えたのである。

天晴れだった。これぞ、男。勢事は田邊の器の大きさに敬服していた。この男にはとても敵わない。もし、自分が女だったら、こういう男に惚れ、そして惚れさせたいものだと、場にそぐわない想像までした。

その後の会食では、病院の話は一切出なかった。田邊は自らの事業の未来を、楽しそうに語った。帰りのタクシーの中で、勢事は高岡に言った。

「あんな度量の男はいない」

「でも、六千万円を積んだんです。破格でしょう」

「違う。その前に二億五千万円を借用書も無しに貸せる人間なんかいないということが重要なんだ。少なくとも俺には到底、無理だ。しかも、俺たちに騙されたとわかっても、恨み言のひとつも言わない。最高の男だよ、ナベちゃんは」

渡る世間は知恵を出し合う競争の世界である。出し抜いたほうが勝つわけで、勝ち敗けがあるからおもしろい。それは勢事と田邊との間も例外ではない。

金持ちや成り上がりにお人好しはいない。田邊とて、決して「単なるいい人」ではないのだ。弱虫が勝者になることはない。経済的成功を収めている以上、姑息でズルいか、悪知恵の持ち主なのである。人情に負ける者は金持ちになれないからだ。すべては勝負。恨みっこ無し、なのである。ただし、それを本当に実践できる人間は少ない。田邊はそんな選ばれし強い人間なのだ。神さまは弱い人間を嫌う。これは勢事の持論だ。強くて明るい人、甘えず負けない人を好む。友人に陥れられても笑える男。田邊は間違いなく、神から愛される人間である。

「その点で言えば、この勝負、俺の負けだったのかもしれない」

勢事はそんなことを思いながら、車の窓越しに少し欠けた月を眺めた。

＊

徳山ホスピタルのＶ字回復によって、勢事のもとには病院の良質なＭ＆Ａ情報が入ってくるようになった。

六十年以上の歴史を持つ福岡市内の精神科病院が売りに出ているという話は、近しい知人からもたらされた。確かに「跡取り」はいなかったと記憶しているが、しかし、規模的にいっても、勢事が勝ち取れる案件だとは思えなかった。

「まあ、いいじゃない。結果がどうあれ、一度、院長に会ってみればいい」

知人の軽いテンションに思わず頷くと、翌週にはオーナーである院長に挨拶に行く段取りになっていた。武之内院長は九十五歳だが、頭脳は明晰、矍鑠としていた。

「岡倉君、君はこれまで何をやってきたの？」

「私、以前はこんな施設を運営していまして……」

勢事は武之内院長が教育に興味があることを事前に調べていて、智徳学園に関する新聞記事を用意していたのだ。

「ほう、発達障がいの子どもたちをねえ」

院長室に入って、ソファに座るまで、勢事の心の目には武之内院長が身につけている硬くて厚い鎧が見えた。しかし、障がい児たちの記事を読むにつれ、ひとつ、またひとつと、甲冑のパーツが外れていく。

「なるほど、岡倉君、あなたという人間を、ぼくは知りたいと思う」

「ありがとうございます」

「岡倉君、世の中には失敬な輩がいてね」

「はい」

「ぼくが金で動くとくらいに思っているんだ」

勢事は黙ってうなずいたが、心の中で「そうか、金では動かない人なのか……」と思案を巡らせていた。だとしたら、自分たちにもチャンスがあるかもしれない。一方で、どうすれば武之内院長の心を動かすことができるのか、道筋が見えないのもまた事実だった。

「二十億でどうでしょうか、三十億でどうでしょうか、とぼくの顔色を伺ってくる」

出せてもせいぜい十億と考えていた勢事にとって、資金力では競合にまったく太刀打ちできないことがわかった。ただ、金額が決め手にならないという点では朗報だ。

「ぼくにはそんな金は必要ない。この病院の理念をしっかりと理解し、継続し、かつ発展させられる人物に託したい。それだけなんだ。あなたがそれに値する人間かどうか、ぼくなりに判断したい。それでいいかね」

「はい、院長。ありがとうございます」

懇意にしている有力者から、勢事に電話があったのは翌日のことだ。

「武之内先生、俺のところに来たぜ」

「それで?」

「岡倉勢事はどんな人間かと聞かれた」

「もちろん……」

「ああ、あいつは信用に足る、立派な人格を持った人間だって言っておいたよ。根掘り、葉掘りってのは、ああいうことを言うんだな。一時間半、おまえの質問ばっかりだったぞ」

「そうでしたか。ありがとうございます」

翌日もその有力者から電話がかかってくる。

「岡倉、武之内先生、また来たぞ。おまえが信用できる人間なのか、裏を取りたいって。もう、いい加減にしてくれよ」

「すみません。大変でしょうが、病院の買収がかかっていますので、対応をお願いします」

「武之内先生、他の人にもおまえのこと聞いてまわっているようだぞ。メッキが剥がれなきゃいいけどな」

二週間後、勢事は武之内院長に呼ばれた。

「岡倉君、ぼくは君のことを三人の人物に尋ねた。一人は経営者、二人は医師。みなさん、あなたのことを評価していました」

医師の名前を聞いて、勢事は胸を撫でおろした。有力な医師たちの間では常に勢力争いがあり、勢事をよく思っていない人物や、あからさまに敵対の意を見せる者もいた。しかし、武之内院長が勢事の情報を引き出した医者二人は、たまたま勢事のシンパサイザーだったのだ。智徳学園に共感を持ってもらえたことといい、やはり俺は引きが強いと、勢事はあらためて思うのだった。

勢事が後継者として見込まれたときから、武之内院長の「講義」は始まった。勢事のオフィスに高岡と竹島も呼び、週に一回、三時間にわたる武之内院長の思想、人生哲学に関するレクチャーが、実に半年もの間、続いたのである。決して楽なものではなかったが、しかし、この間に高岡は確実に武之内院長の心をつかんだ。

それでも、契約書は武之内院長と勢事が締結する形になっていた。

「武之内院長、私は医者じゃありませんから」

「わかっているが、ぼくはあなたと契約するのだから」

もちろん現場は高岡に任せることで合意ができていたが、そこは武之内院長が譲らない点であった。合意した金額は十億円に満たない金額だった。勢事は院長が言っていた競合の提示金額を調査して、それが真実だと確認していたので、院長の「金で動かない」という信念は本物だと、あらためて感心した。

病院の経営改革は順調に進んだ。精神科であっても、慢性期から急性期への移行という基本の方向性は同じである。ただ、精神科で早期の退院を促す場合、患者とその家族に「その後の安心」を提供する必要がある。そのための方策の一つが就労支援事業の運営だった。

退院後、再度の発症の心配がある場合は自宅療養が基本だが、家から出られない場合はデイケアを含めた訪問看護や定期的な経過観察を継続する。そうして状況を見極めながら、段階的に就労支援へと移行させていくのだ。

企業側のケアにも力を入れた。雇用したいという思いはあっても、受け入れ先には「トラブルが生じた時に対応できるのか」「どれくらいの作業を任せていいのか」といった不安がある。企業の担当者との連携を密にすることで、就労の実績を積み重ね、「退院後も手厚くサポートしてくれる」という評判が広がり、患者数が増加していった。

高岡は徳山ホスピタルでそうしたように、スタッフ一人ひとりと対話を重ね、「なぜ医療に携わるのか」「何を理想とし、そのためにどう行動するのか」を共有していった。そのビジュアルの良さから、一見、派手に見える高岡の経営手法はスタンダードで地道なものであった。勢事はその点を高く評価していた。

それにしても、と勢事は思う。立身のために始めた障がい者事業が、こうして病院の買収につながり、それがまた病人や障がい者といった弱者の救済につながっている。自立のために、必要な金を稼ぐという勢事の欲望に沿った行動は、なぜか慈善という結果をもたらすのだ。

これは自分が背負う業なのかもしれない。徹底したリアリストである勢事はしかし、「だとしたら、その大いなる力に身を任せるしかない」とも思うのだった。

＊

大いなる力といえば、不思議な能力を持つ関村とは、つかず離れずの関係が長く続いていた。

関村は大手広告代理店のエースとして、社内一の営業成績を叩き出し、スピンアウトして独立。福岡の成長企業をクライアントにして、大きな利益を出した時期もあった。

しかし、好業績は長くは続かなかった。主要な取引先である流通企業の拡大の勢いが止まり、広告費が大幅に削減されたことが痛手となった。

「関村さん、俺が思うにね、神がかりを金に変えたのが悪かったんだと思うよ」

中洲のクラブで杯を傾けながら、勢事は真剣な表情でそう言った。

「町中の占い師のことを考えてみてよ。儲かってそうな人なんて一人もいないでしょ。関村さん、チャネラーとして経営者たちにアドバイスしてたじゃない。クライアントを思ってのことだったんだろうけど、どうもそういう能力で金を稼いでしまうと、入った金はそのまま出て行ってしまうように思う。理屈じゃなくて、経験則だけどね。俺はそういう気がしてならない」

「岡ちゃん、そうかもしれんね。ほら、古場道源なんて、その典型だもんね」

勢事と関村は、見えない世界に興味のある経営者五人でグループを作っていた。会と言っても集まって酒を飲み、情報交換するのが主な活動で、その中で話題になり、付き合うようになったのが「古場道源」であった。

自分を預言者と名乗り、神通力で人の過去と今と未来を観る。道源の見立ては、「なかなか」当たった。勢事が思うには、道源の能力はテレビに出演する霊能者に比べても決して低くはなかった。

だのに道源が裕福になることはなかった。多くの経営者に先生と呼ばれ、アドバイスを施す存在なのだ。礼金だって安くはないはずなのだが、いつも金回りが悪い。そのことが「神をダシに使った商売はうまくいかない」という勢事の考えを補強した。

ただ、道源と話すのはおもしろかった。勢事はこれといった信仰の対象を持っているわけではなかったが、根源的、本質的な話は好きだったし、いわゆるスピリチュアルに関する話題にも興味があった。

それは勢事自身に「能力」が備わっていたからかもしれない。能力といっても、霊が見えたり、神の託宣が降りたりといったことはなかった。ただ、たとえばその出会いが自分にとって必要なものかどうかは瞬時にわかったし、金が切り取れる相手なのかは直感で判断ができた。

金の匂いとはよくいったものだ。もちろん、実際に人や事業プランが匂いを発するわけではないのだが、勢事は自分の嗅覚を使って、第六感的な能力を発揮している実感があった。見える、という人がいる。聞こえる、という人がいる。勢事の場合は「匂う」のだった。

ただし、その能力が及ぶ範疇は、自分自身の損得に関わることに限られた。もちろん、経験則から、事業がうまくいくかどうかはある程度は判断できたし、それが「当たる」確率も高かったから、アドバイスを請われることは少なくなかった。聞かれれば、自分のできる範囲では応じていた。ただ、「匂いがする」のは、自らの人生に関わる切実な事案のときだけだった。

一方、他者に影響を及ぼす能力もあった。勢事が念じれば、「その人の行き着く結果までの時間を早める」のだ。成功する人は成功までの時間が短くなったり、障壁がなくなったりする。この場合はいいのだが、失敗する人は一気に奈落の底に落ちてしまい、それが勢事には気の毒だった。

ただ、四十代も後半になると、ポジティブな結果を出す人だけに、勢事のアンテナが反応するようになった。だったら、その人のために念じ、祈ればいい。勢事は仲の良い友人たちをつれて、奈良、吉野の大峰山に詣でるようになった。神主が祝詞をあげている間、勢事は同行した経営者たちの背中に手を当てて、彼らの事業の成功を念じた。

その間、勢事は他では感じられない集中の世界に没頭することができた。いわゆるゾーンの中で念じていると、「来た」と思える瞬間があり、あとで撮影された写真を見ると、決まってオーブが映り込んでいた。オーブとは小さな水滴のような光球である。勢事にはそれが意味するところまではわからない。ただ、大いなる何者かの存在を感じずにはいられなかった。

大峰山を詣でる会は、いずれ訪れる先を京都、大原の九頭竜弁財天に変えながら、年々、参加者を増やしていき、十年目には五十人以上にもなった。この旅の間、勢事は無心で他者の成功を祈った。もちろん、金は一切、受け取らなかった。自分の旅費は当然ながら、供物の酒代や榊代までも自分で支払うほどの徹底ぶりだった。自説のとおりに神の怒りを買って、自分の事業をダメにするわけにはいかなかったからだ。

十年目の旅は、実は勢事が二度目の心臓の手術を翌月に控えた時期に行われた。心臓には大動脈弁という三つの尖があるのだが、勢事の心臓はこのうちの二枚が癒着して、二尖弁という病態になっていた。それを切り落とし、心臓の膜である心膜を切り取り、尖の形に形成して弁の役割を果たせるようにするという大手術である。

九頭竜弁財天を詣でる前日に現地入りしたその夜、集った料亭で、いつもは念じてもらう側の参加者たちが、全員で勢事の手術の成功を祈ってくれた。

勢事は思う。ここに集った多くの人は、勢事のことを真に理解してはいないだろう。無償で他者の幸せを祈ってくれる慈悲深い経営者であり、霊能者だと評価している人も少なくないはずである。

しかし、その実、勢事はいまだに自分自身を「泥の中で生まれた人間である」と思っている。泥の中で生まれ、育ち、泥の中に咲く「金」という華を、自分なりのやり方でつかんできただけの男だ、と。

卑下しているわけではない。ただ、それ以上ではないし、それ以上になろうとも思っていない自分を認識していたのだ。

しかし、こうして自分の命のために祈りを捧げてくれる人々の、その善良な顔を見ていると、ふと「嘘から出た実」という言葉が心に浮かんだ。蓮は泥の中に咲く。淤泥不染の徳。泥の中に咲いても、泥に染まらぬきれいな花を咲かせる。

いや、もちろん、勢事は泥に染まっている。しかし、それを蓮華の花と錯覚してもらえるのならば、それはそれで価値のあることかもしれない。泥に咲く泥の花には、嘘をまことにして人の役に立つ、そんな存在の仕方もあるのかもしれない。

そこまで考えて、ふと我に返る。泥の花が人の役に立とうなどと思うことが、恐れ多いのだ。獣道だけに通用する独特の法則の中で常に目を光らせながら、間抜けから切り取れる金があればロックオンして確実に切り取り、搾れる金があれば、とことんまで搾り取る。それが泥の中に生きる俺なのだ。俺の本性であり、正体なのだ。

勢事は自分のために祈りを捧げてくれた人たちに、感謝の言葉を述べた。目に涙を浮かべている人もいる。

ありがとうと語りながら、心では別のことを考えている。

おそらく手術は成功し、これからまだしばらくは、この心臓は鼓動を打ち続けるのだろう。だったら、もう一花、二花と咲かせてやろうじゃないか。見栄えの悪い泥の花でいい。人から評価される必要もない。誰からも支配されず、誰にも依存せず、自分が自分らしく生きていくための、それは自立のための花なのだから。

勢事は手術の成功を願う人たちの大きな拍手に包まれながら、あらためて闘争の中に身を置く覚悟を固めていた。

## エピローグ

心臓の手術を終えた翌日のことだった。左腕に紫色の観音の姿がありありと浮かびあがった。頭から足先までが三十センチほどの、大きなアザである。

手術中は腕を拘束帯で巻かれるので、何かの拍子に内出血をしたのだろうが、しかし、右腕は白い肌のままだった。

見舞いにくる人たちには、なんの説明もしていないのに、誰もが一様に「どうして観音様が？」と問うてくるほど、それははっきりとした像を結んでいた。

もちろん、単なる偶然なのだろう。しかし頭から肩、手、足とそのあまりにも「出来過ぎた」姿を見ていると、あの五十人の祈りが浮かび上がらせたものに思えてくる。彼らが呼んだ守護者の姿が、この体に顕現したのだと。

あらためて左腕の観音に問うてみる。

「もし、あんたが本物だったら教えてほしい。俺はこれから何を目指して生きればいい？」

その瞬間、「自立」という言葉が文字として脳裏を駆け巡り、音として響き、同時にはっきりしたビジュアルイメージが浮かび上がった。いや、自分自身がその世界の中に入り込み、そこにリアルに存在した。

激しい風雨の中、八角形の山の頂で雷に打たれながらも、たった一人、誰の支えもなく立ち続けている。痛い、苦しい、死が迫ってくる。逃げ出そうとしたその時、この数年の間、知性、意思、感性を磨きながら超越的存在を目指し、真善美を追求してきた自分を思いだす。今の俺ならば、これに耐えられる。たった一人で耐えられる。

そこまで考えた瞬間、現実に引き戻された。胡蝶の夢の故事を想起する。どちらの自分が本物なのか。間違いない。ベッドに横たわっている、この世界のほうが現実だ。

呼吸が乱れていた。汗もかいている。そして、身体中に電流が走った、そのしびれの感覚が指先に残っている。

白昼夢にしてもリアルすぎると思った時、「そうか、俺はあの領域にいくのか」と確信した。そして同時に、道の険しさ、進むことの難しさを悟る。なぜなら、山の上に立っていた自分が有していた真善美のレベルに行き着くには、孤高の中に生きる必要があるが、その孤高はまた、独善を生むという落とし穴を生み出すからだ。つまりは死の寸前まで、達観と独善の間を行ったり来たりするのが、きっと人間というものなのだろう。そう悟った。

真の自立に向けた旅は、まだまだ続く。いや、これまでは序章。本編はまさに今、ここから始まるのかもしれない。

あらためて左腕のアザを見ると、観音の顔が、わずかに、しかし間違いなく、ほころんでいた。

【著者】
**自立研究会**（じりつけんきゅうかい）
いかなる情勢下においても自らの力で生きていくための思考法を共有し、又はその技術を提供することによって、青少年や若手経営者の自立を総合的に支援し、心身共に豊かな社会生活を営める人材を育成することを目的に研究を進めている。

**泥に咲く**

令和3年5月31日 初版 発行

著　　者　自立研究会
企画制作　㈱チカラ
〒810-0041 福岡市中央区大名2-2-1MIKIビル401
tel 092-737-5725　fax 092-737-5726

発 行 者　田村志朗
発 行 所　㈱梓書院
〒812-0044 福岡市博多区千代3-2-1
tel 092-643-7075　fax 092-643-7095

ISBN978-4-87035-716-7